고래가
되어

고래가 되어

발행일	2018년 4월 16일
지은이	고 옥 귀
펴낸이	고 옥 귀
펴낸곳	방촌문학사
출판등록	2015. 9. 16(제419-2015-000015호.)
주소	강원도 원주시 소초면 교항공산길 21-10
이메일	dhdpsm@hanmail.net
전화번호	033-732-2638
디자인	(주)북랩 김민하

ISBN   979-11-89136-00-0 03810(종이책)
        979-11-89136-01-7 05810(전자책)

이 도서의 국립중앙도서관 출판예정도서목록(CIP)은 서지정보유통지원시스템 홈페이지(http://seoji.nl.go.kr)와
국가자료공동목록시스템(http://www.nl.go.kr/kolisnet)에서 이용하실 수 있습니다.
(CIP제어번호 : CIP2018010729)

고옥귀 장편소설

Become a whale

방촌문학사

작가의 말

2014년 4월 16일 오전 여덟 시경, 대한민국 진도 앞바다에서는 상상을 초월한 참혹한 사고가 있었다. 세월호 참사였다. 입에 올리기조차 끔찍스러운 참사였다. 그러나 단 한 순간도 잊어서는 안 될 참사이기도 하다.

이 참혹하고 끔찍한 참사에 희생된 승객들, 특히 한창 꽃피울 나이에 희생된 학생들을 생각하면 우리 모두는 죄인이 된 기분이었고, 희생된 학부모와 같은 심정이었다. 우리 전 국민은 유족과 같은 마음으로 슬퍼하지 않을 수 없었다.

슬픔을 못 이겨 오열하던 한 조각가는 희생된 학생들을 안타까워하며 한 마리씩 고래를 조각했다고 했다. 지면을 통해 그 기사를 읽었을 때 나는 문득 생각했다.

학생들의 수학 여행지가 제주도였으니, 그 제주도 앞바다에서 고래로 부활한다면 넋이라도 살아 숨 쉴 수 있지 않을까. 고래가 되어 살아 있어 주기를 바라는 마음이 간절했고, 그 간절함이 펜을 들게 했다.

　세월호 참사 그 전후나 진의를 세심하게 밝히는 일은 자칫 오해를 불러올 수도 있기에 문밀동이라는 작은 동네를 배경으로 문밀동 학생들이 겪은 참혹한 사고를 통해 세월호 참사에 희생된 학생들의 고통을 조금이나마 일반화하고, 그 아픈 현실을 함께 느끼기를 바라는 마음이 간절하였다.

　세월호 참사에 희생된 모든 학생의 넋을 위로하고, 우리들 기억에서 세월호 참사에 희생된 그 학생들을 잊지 않았으면 하는 마음에서 창작된 소설임을 밝혀 두는 바이다.

2018. 1. 31

차
례

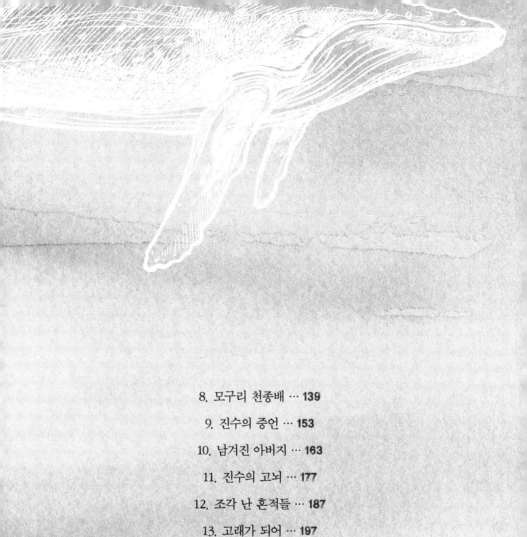

1

은밀한 비밀

밤이 깊었다. 내일이면 문밀동 학생들이 수학 여행을 간다. 오십여 채의 가구로 이루어진 동네 문밀동, 문밀동은 지리적으로는 남해에 속해 있는 면 소재지였지만 오지라고 할 만큼 깊은 산골에 있었다.

주민 대부분이 작은 농토를 일구며 어렵게 살아가는 전형적인 농가들이었다. 특별히 직업이 있는 사람도 없었고 특별히 잘사는 사람도 없었다. 모두 고만고만한 살림 살이었다. 대부분이 작은 농토에서 재배한 푸성귀를 시장에 내다 팔아 식량과 식료품을 조달하였다.

사월이 되면 감자를 비롯해서 고추며, 옥수수며, 참깨, 등 손쉽게 팔리는 필수 농산물만을 심었다. 그만큼 생활이 어렵기 때문이었다.

땅이 있어도 특별한 작물을 재배한다는 것은 엄두도 못 낼 만큼 순박한 사람들이었다. 지난해에는 가뭄이 심해서 제대로 수확을 못 한 작물이 많았다. 너울너울 흔들려야 할 옥수수는 잎이 돌돌 말리기도 했고, 고춧잎도 말라 축축 늘어졌다. 논바닥은 거북이 등처럼 쩍쩍 갈라지곤 했다. 그런 어려움을 겪었지만, 자식들이 수학여행을 간다는데 무엇이라도 더 해 주고 싶은 부모들이다. 아니 어느새 훌쩍 커서 고등학교 학생이 된 자식들이 대견했고 자랑스러워서 춤이라도 덩실덩실 추고 싶었던 부모들이었다. 부유한 살림살이로 키운 자식들이 아니라서 더욱 그랬다.

다른 학생들은 흔히 먹는다는 치킨이며, 피자 같은 것도 제대로 먹여 보지 못했고 아이들을 데리고 나가 외식 한번 제대로 못 해 본 부모들이다 보니 훌쩍 큰 자식들을 바라보는 것도 애잔하였다.

"빠진 것 없이 잘 챙겨라! 다른 친구들에게 뒤처지지 않게."

자식들 가방에 이것저것 챙겨 넣으면서도 걱정하는 부모들이다. 적어도 수학 여행에 가서는 다른 친구들에게 뒤처지지 않게 하고 싶은 부모들 마음에서였다.

"친구들 먹을 때 먹고, 친구들 마실 때 마시고 친구들이 사면 너도 사고, 아끼지 말고."

평소 때에는 아끼라는 말을 달고 사셨던 부모들이었는데 수학여행지에서는 아끼지 말고 다른 친구들 하는 때로 다 하라는 말이었다.

자식들이 수학여행지에서는 기죽지 말라고 후하게 말씀하시는 부모들 마음을 다 큰 자식들이 모를 리 없다. 자식들이 수학 여행 간다고 무엇이든 해 주고 싶은 부모들 마음이나 수학 여행을 떠나려는 자식들 마음이나 설레고 들뜨는 건 똑같은 모양이었다.

문밀동에서는 이렇게 수학 여행 준비로 들떠있는데 첨성호가 선박하고 있는 선착지 주위에서는 심상치 않은 기운이 돌고 있었다. 사월 밤바람이 쌀쌀해서가 아니었다. 밤이 깊은 탓만도 아니었다. 무언지 모를 어두운 기운이 선창을 돌고 있는 기분이 들었다. 날이 밝으면 수학 여행을 떠날 학생들을 태울 첨성호 뱃머리에서도 알 수 없는 어두운 기운이 퍼지고 있었다.

　그러고 보니 선창 한쪽에서 첨성호를 응시하면서 서 있는 두 남자의 모습이 눈에 띄었다. 한 사람은 키가 크고 몸집도 컸으며, 또 한 사람은 눈이 매섭고 깡말라 보이는 사람이었다. 두 사람은 선창가 으슥한 곳에서 마주 서 있었다. 마치 귓속말을 하듯 얼굴을 맞대고 이야기를 주고받는 듯했다. 깡마른 체격의 남자가 낮은 목소리로 입을 열었다.

　"첨성호! 저 배를 타란 말이야!"

　"예!"

　키가 크고 몸집도 큰 남자는 머리를 조아리듯 하고는 대답만 했다.

　"물건은 3등 객실 입구에 있는 회색 짐짝이다. 회색 비닐이 세 갈래의 파란 끈에 묶여 있으니 쉽게 발견될 거다. 배에 오르면 그 짐짝 옆에서 잠시도 떨어지지 말고 붙어있어야 한다는 말이다!"

　"예!"

　"저 짐이 주인에게 배달될 때까지 자네는 그 짐짝과 한몸이 되어야 하네."

　"예!"

"명심해야 하네!"

깡마른 남자의 강경한 말투와는 달리 덩치 큰 남자의 대답은 짧았다. 그러나 그 일을 위해 목숨이라도 걸 만한 강한 복종심이 느껴졌다.

"다행이 그 물건이 임자한테 전해졌다는 답변이 들리면 그때야말로 자네 목숨은 자네 것이네."

깡마른 남자의 눈에서는 푸른 살기가 느껴졌다. 허튼수작하지 말라는 강한 메시지가 풍기는 눈빛이었다.

"명심, 또 명심하겠습니다."

덩치 큰 남자는 깡마른 남자의 말의 의미를 충분히 알고 있는 듯 허리를 구십 도로 굽히고, 고개를 깍듯이 숙이며 힘주어 말했다. 깡마른 남자는 덩치 큰 사내를 의미 있게 바라보더니 입을 다물었다. 묘한 침묵이 흘렀다. 깡마른 체격의 남자는 덩치 큰 남자를 다시 한 번 바라보며 다짐이라도 받듯이 확인하고 있었다.

"배달될 곳 주소는 외우고 있겠지?"

"예!"

"받을 사람을 확실하게 확인해야 한다?"

"예!"

"신분증이 확인되어야만 물건을 전하는 거다!"

"예!"

덩치 큰 남자의 대답은 짤막했지만, 언어의 정교함을 연상시키리만큼 또박 하고 분명했다.

깡마른 체격의 남자는 안심이 된다는 듯 무겁게 두어 번 고개를 끄떡거렸다. 덩치 큰 사내는 머리를 조아린 채 서 있었고 깡마른 체격의 남자는 그제야 선창 어두운 쪽을 향해 몸을 숨기듯 재빠르게 사라져버렸다.

그날따라 선창에는 유달리 강한 갯내음을 물어내고 있었고, 바람이 괴기스럽게 일렁거리는 것이 왠지 모르게 오싹함을 더하고 있었다.

그러나 날은 밝았다. 여느 때처럼, 날마다 그랬던 것처럼 해는 떠오르고 문밀고등학교 2학년 학생들은 수학 여행을 떠날 것이다.

4월 16일, 학생들을 남해항에 수송할 관광버스 세 대가 학교 마당에서 기다리고 있었고, 학교 측의 배려로 관광버스 한 대는 문밀동으로 향하고 있었다. 문밀동에 거주하고 있는 학생들을 데리고 올 참이었다. 문밀고등학교 학생들을 수송할 차는 항상 대기 상태였다. 학교 측의 배려가 없으면 문밀동 학생들의 등·하교는 불편한 상황이었다. 학교 측에서 특별히 배려해준 까닭에 문밀동 아이들이 편하게 학교를 다니는 셈이었다.

문밀동 주민들은 이 점에 대해서 학교 측에 깊이 감사하고 있었다. 학생들도 학교 측의 배려에 고마움이 컸던지 대체로 모범적으로 학교생활을 했다.

오전 여섯 시 반, 학생들을 태운 관광버스가 남해항을 향해 출발했고 남해항 선창에서는 학생 백오십 명을 태울 첨성호가 기다리고 있었다.

인솔 선생님들의 지시에 따라 학생들은 질서 있게 배에 오르기 시작했고 첨성호는 정확하게 일곱 시 정각에 남해항을 출발했다. 첨성호의 뱃머리가 틀어지고 선체 주변에서 물보라가 일어났다. 비로소 수학 여행을 간다는 실감이 난 모양이다. 누가 먼저랄 것도 없이 학생들은 함성을 질렀다. 우렁찬 목소리였다.

"와! 배가 출발한다!"

"수학 여행이다."

"제주도가 나를 부르는구나. 오 제주도여! 기다려라."

선체 난간에 붙어 서서 학생들은 저마다 한마디씩 외쳤다.

갑판 위로 올라간 학생들은 두세 명, 어우러져 있었고 많게는 다섯 여섯 명으로 뭉쳐 서서 떠들고 낄낄거리며 장난을 걸기도 했다. 더없이 맑고 순진했으며 하나같이 수학 여행의 들뜬 표정들이었다. 여학생들은 여학생끼리 뭉쳐서 떠들고 깔깔대며 제주도에 대한 기대에 부풀어 있었다. 발아래에서 들리는 파도 소리며 머리 위로 스쳐 가는 바람이며 어느 것 하나 여고생들의 마음을 설레게 하지 않는 게 없었다.

남학생들과 여학생들이 오래간만에 한마음이 되어 기쁨을 표출하는 것 같았다. 특히 문밀동 학생들의 기쁨은 더 진하고 더 깊었다. 열여덟 나이가 되도록 바다 구경을 한 번도 못해 본 학생들이 문밀동에는 많았다.

문밀동에서 바다구경을 하려면 남해항까지 차편을 이용해야 하는데 차편이 만만치 않았다. 문밀동에서는 화물차가 딱 한 대가 있었고, 방앗간에서 몰고 다니는 승합차 한 대가 있었다. 화물차는 문밀동 면소재지나 읍에 나가서 야채장사를 하는 남수 아버지의 화물차였고 승합차는 문밀동에서는 그런대로 넉넉히 산다는 방앗간 은철이 아버지가 끌고 다니는 승합차였다. 동네에서 딱 두 대뿐인 자동차였다. 그나마 동네 어른들이나 아이들을 태우고 놀러 갈 자동차가 아니라 생계를 위해 꼭 있어야 할 자동차이니, 평소에는 얻어 탈 엄두도 내지 못할 자동차였다.

사정이 이렇다 보니 문밀동 아이들은 남해항에도 가보지 못하고 남해 앞바다도 구경을 못 한 아이들이었다. 평소에 바다 구경에 목말라하던 문밀동 학생들에겐 이번 여행은 생전 처음 맛보는 모험이기도 했고, 바다의 신비로움을 볼 수 있다는 기대의 대상이기도 했다. 갑판 위에 모인 문밀동 학생 이십오 명은 2학년 전교생이 지르는 함성보다 더 큰 소리로 함성을 질렀다. 목이 갈라지도록 환호하는 문밀동 학생들.

이십오 명 모두는 한해에 한동네에서 태어난 이십오 명의 쌍둥이 같은 친구들이었다. 눈만 뜨면 만나고 해가 지도록 함께 뒹굴며 노는 친구들이다. 남학생들은 남학생대로 여학생들은 여학생대로 서로 눈빛만 보고도 마음 상태를 파악할 만한 친구들이었다. 눈을 부릅뜨다가도 금방 웃고 낄낄거리며 웃다가도 삐치고, 화도 내고 그러다가 스스로 풀어져서 재잘거리는, 그야말로 서로가 흉허물 없이 자란 친구들이며 또래였다.

제주도를 향하는 첨성호 갑판 위에서도 문밀동 학생들은 함께 뭉쳤다. 서로를 부르지도 않았지만, 자연스레 뭉쳐지고 모여지는 건 어쩔 수가 없었다. 수학 여행 때라고 별다를 게 없었다. 제주도로 향하는 여객선 첨성호 갑판 위에는 문밀동 학생들이 벌써 뭉쳐 있었다.

 키가 큰 모국이는 의외로 과묵했고, 잘난 척, 아닌 척, 아는 척, 모르는 척, 척척으로 소문난 남수도 있었고, 언제 어디서나 장난기가 발동하여 친구들을 웃기기도 하고 난처하게도 만드는 장난꾸러기 은철이, 무슨 일이든 알아내어야 지성이 풀린다는 수색대 현묵이, 벌써 공무원이라는 별명으로 통하는 김진수, 문밀동에서 단합 대회를 하듯 뭉쳐 다니는 다섯 명의 멤버들을 비롯하여 문밀동 여고생들도 다섯 명의 멤버가 있었으니 동양 미인이라고 소문 난 옥소, 진수의 동생 쌍둥이 진애, 경악스럽도록 입빠른 소리를 잘하는 허희, 슬쩍슬쩍 한마디를 내뱉는 말이 어른스러운 말숙이, 겁이 많고 애기처럼 징징거리기를 잘하는 순심이, 이 여고생 멤버들도 남학생들 못지않게 잘 모여 다녔다.

 남녀 이렇게 각 다섯 명으로 구성된 멤버이긴 하지만 문밀동에서 태어난 또래 친구들은 언제든지 이들과 합석할 수 있었고 언제나 어울릴 수 있었다. 이십오 명 문밀동 학생들은 격의 없이 만나고 격의 없이 모이는 사이들이다. 그런 사이다 보니 수학 여행이라는 이 특별한 여행에 참가한 문밀동 학생들은 똘똘 뭉쳐 있자는 결의라도 한 듯 함께 어우러져서 웃고, 떠들고, 소리 지르며 첨성호 갑판 위에서 여행의 기쁨을 나누었다.

 키가 크고 과묵한 모국이를 많이 의지하는 남학생들이었지만, 실상 작은 일이나 큰일을 해결하는 건 꼼꼼한 진수였다. 모국이는 과묵하고 키도 컸지만, 무엇보다 힘도 셌다. 가끔 머리가 따라주지 못해 실수하는 것도 있었지만, 힘으로 밀어붙여서 해결하는 건 모국이를 따라올 만한 남학생이 없었다. 그래서 모국이와 진수만 있으면 문밀동 학생들에겐 어려운 일이 없었다.

잘난 척 잘하는 남수는 힘도 세고 신장이 큰 모국이를 엄청 따랐고 방앗간 은철이는 차분하고 영리한 진수를 형처럼 따랐다. 같은 또래였지만 서너 달 생일이 빠른 진수를 은철이는 아예 형으로 여겼다. 방앗간에서 나오는 떡이며 먹을 것을 진수에게 바치듯이 했다. 비닐 봉투에 넣은 떡을 쥐고 진수 집으로 한걸음에 달려가는 은철이, 은철이는 진수에게 뭔가 건네주는 것을 좋아했다.

진수, 진애는 쌍둥이였지만 아버지가 계시지 않았다. 작은 농토를 어머니 혼자 일구며 살아가는 가정이었다. 쌍둥이를 학교에 보내는 것이 진수 어머니로서는 힘겨운 일이었다. 고학년으로 올라갈수록 힘들었을 텐데, 진수, 진애 어머니는 어려움을 내색하는 성품이 아니었다. 억척스럽고 성실한 것으로 소문난 진수, 진애 어머니였다. 농사 일을 하면서도 동네에 큰일이 있을 때에는 손 걷고 동네 일을 해 주었다. 이런 성품이었으니 어려움 속에서도 진수, 진애를 고등학교에 보낼 수 있었는지 모른다.

그리고, 스스로를 수색대라고 자랑하는 현묵이! 현묵이 어머니는 십오 년 전에 이 문밀동으로 들어온 여자였다. 현묵이가 세 살 때였다. 현묵이 아버지가 그나마 직장이 확실해서인지 일찌감치 재혼을 했던 것이다. 현묵이 어머니가 갑자기 급체로 사망한 이듬해였다. 현묵이 아버지가 재혼한 여자는 영락없이 술집 여자 모습을 하고 있었다. 빠글빠글 파마머리에 짙은 화장기, 거기다가 겨드랑이며 목이 푹 파인 옷차림을 부끄럽지 않게 입고 다녔다. 보수적인 문밀동에서 얼마나 버틸까 싶었는데 현묵이 아버지가 아내 단속을 잘했는지 십오 년 동안 끄떡없이 잘살았고 심지어는 현묵이를 낳은 친엄마 같다고도 했다. 재혼한 여자라고는 믿기지 않을 만큼 가정에 충실했고, 현묵이 아버지와의 금슬도 좋았다. 동네에서는 부부싸움을 하는 소리를 듣지 못했다. 특히 현묵이에겐 헌신적이라 할 만큼 애정을 쏟았다. 현묵이에게 그지없이 따뜻하고 다정한 어머니였으며, 배를 앓고 낳은 자식이라 해도 이보다 더 잘할 수는 없을 정도였다. 문밀동 사람들이 칭찬을 아끼지 않았다.

현묵이 아버지 원구성 씨는 직장을 오랫동안 다녀서 그런지 무슨 일이든 꼼꼼하게 하는 성품이었다. 현묵이 아버지가 한 일은 두세 번 손이 더 가는 일이 없었다. 그런 현묵이 아버지의 성격을 알고 동네 사람들은 문밀동의 이장으로 밀어주었다. 가정을 다스리고 지키듯이 동네 일도 잘할 거라고 믿는다는 할머니들의 추천에 박수를 받으며 이장이 된 현묵이 아버지 원구성 씨였다.

그는 방앗간 수입으로 대체로 부유하게 살 수 있는 은철이 아버지와도 절친했고 야채장사를 하는 남수 아버지와도 친하게 지내는 등, 동네를 두루두루 다니고 어르신들도 만나 뵙고 하면서 동네 일을 충실히 잘하는 이장으로 통하는 현묵이 아버지였다. 모국이 아버지는 무슨 일이든 일거리만 있다면 악착같이 몸을 들이미는 성실파 남자였다. 추운 날 공사판 일도 마다치 않는 모국이 아버지는 딱히 기술은 없지만 열심히 하려는 의지와 노력으로 동네 사람들에게 성실한 사람이라는 이미지를 확실하게 심어 준 사람이기도 했다. 진수는 그런 아버지가 계시는 모국이가 항상 부러웠다. 진수, 진애 쌍둥이를 키우시느라 애쓰는 어머니를 볼 때마다 아버지가 계시는 모국이가 그지없이 부러웠던 진수는 한 살 한 살 나이가 들어가면서 진수 자신이 집안의 가장이라는 책임감이 강해지곤 했다.

그래서인지 진수는 일찍 철이 들었다. 공무원이라는 별명이 붙을 만큼 집 안에서도 일머리를 알고 척척해 냈으며 학교에서도 꼼꼼하게 일을 잘했던 진수였다. 모국이와 진수는 서로 다른 것 같지만 내면적으로는 닮은 듯한 성품임에는 틀림없었다.

갑판 위에서 모인 문밀동 남학생들은 신바람이 나서 떠들어대는 중에 모국이는 가끔 저만치 떨어져 있는 문밀동 여고생들을 힐끔힐끔 쳐다보곤 했다. 모국이의 눈이 동양 미인이라고 소문난 옥소에게 머물고 있는 걸 눈치챈 남학생들은 없었지만 모국이의 시선은 옥소에게서 떨어지지를 않았다. 그러나 옥소는 모국이의 시선을 전연 느끼지 못하는 것 같았다.

옥소는 모국이에게 전혀 관심이 없어 보였다. 얌전하긴 했지만 콧대 높은 옥소였다. 옥소는 얌전한 외모에 소심하기까지 해서 쉽게 사람을 사귀지 못하는 성격이었다. 그런 성격을 잘 알기에 또래 친구들은 옥소에게 말을 걸거나 접근하지 않았다. 옥소가 먼저 다가와 주기를 기다려 주었다. 조심스럽고 소심한 옥소는 오래전부터 진수를 짝사랑하고 있었지만 진애에게조차 오빠에 대한 마음을 단한 번도 내색하지 않았다. 그야말로 벙어리 냉가슴 앓듯 가슴에만 묻어 놓고만 있었던 옥소였다. 그러나 이번 수학 여행 때에는 어떤 방법으로라도 진수에게 고백해볼 작정이었다. 좋아한다고 고백이라도 해야 할 것 같았다. 이런 생각을 하는 것만으로도 떨리고 무슨 죄라도 지은 것처럼 겁이 나기도 했다. 고백할 엄두도 나지 않았다. 그럴 용기는 더욱 없었다. 옥소는 자신의 이런 마음이 답답했는지 발을 동동거리며 혼잣말처럼 중얼거렸다.

"어떻게 하지?"

눈치 빠른 진애가 흘려 들을 리 없었다. 진애는 옥소를 빤히 쳐다보며 옆구리를 찌르듯 잽싸게 물었다.

"옥소야, 뭘 어떡해? 무슨 걱정거리라도 있어?"

"아, 아니야! 아무것도 아니야!"

옥소는 깜짝 놀라며 강하게 고개를 저었다. 행여라도 진애가 눈치챌까 봐 얼굴도 들지 못하고 고개를 저었다.

"걱정거리가 있는 게 아니라면 다행이고…"

진애는 강하게 부인하는 옥소를 외면하며 바다를 향해 얼굴을 돌렸다.

갯내음이 풍기던 선창에서의 바람과는 달리 바다 가운데에서 솟아오르는 듯한 바람은 시원하고 상쾌한 느낌이었다. 시원하다는 표현만으로 부족한 푸른 바람에 진애는 잠시 심취했다. 진애는 머리카락을 날리며 두 팔을 벌리고 바람을 가슴 깊이 안았다. 그러다가 조용히 옥소를 불렀다.

"옥소야!"

"응."

"이리 와봐. 내 손 꼭 잡고 바다를 바라봐! 바다에서 불어오는 바람이 왠지 연민을 느끼게 해."

"바람을 맞으면서 연민을 느낀다고?"

"응, 바람이 볼을 스치고, 머리카락을 날리니까 나를 사랑해 줄 누군가의 손길이 느껴지는 것 같아! 바람도 사람이 그런 느낌을 아는지 더 섬세하게 어루만지는 것 같아!"

"바람도 그런 사람의 마음을 알까?"

자기도 모르게 물었다. 순간 옥소는 그런 진애의 마음이 참 순수하다고 느껴졌다. 바람에서 연민을 느낄 수 있는 진애라면, 진애는 세상의 모든 자연에서 의미를 느끼고, 아름다움을 느끼는 순수함을 가진 아이라고 생각했다. 진애는 휘날리는 머리카락을 쓰다듬으며 옥소를 지긋이 바라보며 말했다.

"그럼, 바람도 그 사람이 누구든 간에 얼굴을 스치면서 뭔가를 느낄 거야. 그런 생각을 하면 바람이 나를 어루만지는 것이 좋아진단다. 바람이 굳이 내 마음을 알아주지 않아도, 내가 바람을 좋아하면 되는 거지."

진애는 진수를 좋아하고 있는 옥소의 마음을 살짝 건드리고 있는 듯했다. 옥소는 진애에게 속마음을 들키지 않았나 싶어 얼굴이 빨개졌다. 그러나 진애의 말은 이미 옥소의 마음을 흔들어 놓고 있었다. 진애의 말이 명언같이 느껴졌다. '바람이 내 마음을 몰라 줘도 내가 바람이 좋으면 좋은 거라'는 말을 떠올리는 순간 옥소는 어쩐지 부끄러운 마음이 들었다. 진수를 좋아하고 있다고 하면서 진작 진수에게 고백하지 못한 것은 혹시라도 진수에게 고백했다가 거절당할까 봐 겁이 나서 그랬는지도 모른다. '바람이 내 마음을 몰라 줘도 내가 바람이 좋으면 되는 거라고. 아, 내가 왜 그런 생각을 못 했을까.' 어쩌면 진애는 옥소가 쌍둥이 오빠 진수를 좋아하고 있는 것을 알고 있었는지도 모를 일이다.

진애는 옥소가 무슨 생각을 하고 있는지 아랑곳하지 않고 멀리 출렁대는 파도와 바닷바람에 심취해 있었다. 그러다가 진애는 갑판 위에서 스마트폰을 하고 있는 친구들을 향해 손가락질하며 혀를 끌끌 차며 말했다.

"옥소야, 쟤들 좀 봐라! 감성이 식었는지, 낭만이라고는 모르는 목석들인지, 로맨틱한 이 아름다운 분위기를 느끼지 않고 스마트폰에 빠져 있는 저 모습 좀 봐! 저게 우리 시대의 모습이란다."

"모두가 저런 모습으로 살고 있는 건 아니야! 아직 스마트폰을 구입하지 못한 친구들도 있거든, 우선 진수도 없고, 진애 너도 없잖아, 물론 나도 없지만. 우리 문밀동에서 스마트폰 가지고 있는 친구들은 몇 안 돼!"

"훗, 내가 스마트폰이 없어서 심술을 부리는 건가…."

진애는 얼른 입을 다물었다. 좀 전까지 스마트폰을 만지는 아이들을 뭐라 하더니, 옥소의 얘기에 답을 못하는 것을 보면 스마트폰에 대한 부러움이 조금은 깔려 있었던 모양이다. 옥소도 웃었고, 진애도 웃었다.

"역시 우리도 속물이야."

둘은 서로 동감하면서 웃었다.

그러나, 마음이 울적해지는 것은 어쩔 수 없었다. 초등학생들도 거의 가지고 있는 이 시대에 스마트 폰이 없다는 것은 유쾌한 일이 아니었다. 속물답게 한바탕 웃고 나서야 옥소는 말했다.

"진애야! 나도 솔직히 스마트 폰 갖고 싶다."

"스마트 폰 갖게 되면 제일 먼저 뭘 하고 싶은데?"

"누구한테 문자를 보내고 싶어."

"누구한테?"

"문자 보내고 싶은 사람한테…"

옥소의 목소리는 뭔가 진한 아쉬움이 담겨 있었다. 아마도 스마트 폰이 없어 하고 싶은 것을 하지 못하는 아쉬움 같았다.

"스마트 폰이 없는 데 문자 보낼 생각은 왜 하노? 만나서 하면 되지."

진애는 조금 퉁명스러운 목소리였다. 역시 스마트 폰이 없는 아쉬움이 담겨 있었다. 진애는 그래도 옥소의 마음을 헤아리는 것을 잊지 않았다.

"누구한테 무슨 문자를 보내고 싶은지 모르겠지만, 꼭 해야 할 말이 있다면 만나서 하는 게 좋아, 꼭 해야 할 말이라면 문자보다는 직접 만나서 두 눈을 보면서 하는 것이 훨씬 효과적이지 않을까 생각해."

진애는 옥소의 마음을 알고 있는 듯했다. 쌍둥이 오빠 진수를 좋아하고 있는 것을, 그러면서 옥소가 직접 고백해 주기를 기다렸는지 모른다. 옥소는 진애에게 바짝 다가섰다. 그리고 귓속말로 말하고 싶었다. '진수 오빠를 좋아하고 있다고…, 그런데 고백할 방법을 모르겠다고…' 그런데 옥소의 입에서는 뜻밖의 말이 튀어 나왔다.

"진애야, 너그 오빠, 잠옷 샀어?"

"왜? 우리 오빠 잠옷? 샀어!"

갑작스러운 옥소의 물음이 너무나 뜻밖이어서 진애는 망설이지도 않고 대답했다. 그리고는 의아하다는 표정으로 말했다.

"우리 진수 오빠 잠옷 샀어. 수학 여행 가니까 엄마가 우리 둘 다 잠옷 사 주었지."

"아, 샀구나. 진수 꺼도…"

진애는 그제야 눈치챈 듯이 옥소를 바라보며 따지듯이 물었다.

"그런데, 옥소야, 갑자기 우리 진수 오빠 잠옷을 샀는지 왜 궁금했는데? 우리 오빠 잠옷 없을까 봐 걱정한 거야?"

"…"

"그런 거야?"

진애는 옥소의 눈을 바라보며 확인하듯 물었다. 옥소는 진애의 시선을 피하며 겸연쩍게 웃었다. 그리곤 혼잣말로 중얼거리듯 말했다.

"아! 진수 오빠 것도 샀구나!"

"그럼… 당연히 우리 오빠 것도 사지! 그런데 옥소야, 우리 오빠 잠옷을 샀는지 안 샀는지 그게 왜 그리 궁금했는데?"

진애는 옥소의 심장을 찌르듯 꼭 집어서 물었고 옥소는 잠시 망설이다 말고 옥소답지 않게 까르르 웃으면 한마디로 얼버무렸다.

"진애 니는 딸이니까 잠옷을 사 주었겠지만 너그 오빠는 남자니까 사지 않을 수도 있겠다 싶어서 물어본 거야? 어쨌든 됐어! 너그 오빠도 잠옷을 샀다니까…"

"왜? 우리 진수 오빠 잠옷 안 샀으면 옥소 니가 사 줄려고 했어?"

"사 줄 수도 있지 뭐?"

"와! 옥소가 우리 진수 오빠 잠옷 걱정도 했구나!"

진애는 명랑하게 외쳤다. 옥소는 드디어 본심을 털어 놓았던 것이다. 진애도 비로소 진지해졌다.

"언제부터였어? 우리 오빠 좋아한 게?"

"응… 한참 된 것 같애…. 내가 내 마음을 알고도 쑥스럽고 부끄러워서 내색을 못 했고 그다음에는 행여라도 거절당할까 봐… 겁이 나서 말 못 했고…"

"그래도 고백은 해 봐야지! 진수 오빠 잠옷까지 걱정해 줄 줄 정도였으면."

진수가 잠옷을 준비했는지 얼마나 궁금했기에 소심쟁이 옥소가 그 말을 입 밖으로 내었을지 짐작이 되었다. 옥소가 무심코 던진 한마디에 옥소의 마음을 들키고 만 셈이었다.

그런 마음을 장난꾸러기 은철이에게 들켜버리고 말았다. 은철이는 옥소와 진애 뒤에서 어른처럼 뒷짐을 진 채 두 사람의 이야기를 엿듣고 있었던 것이다. 은철이가 들었다면 이미 비밀일 수는 없었다. 은철이는 진애와 옥소 사이의 끼어들면서 들었던 이야기를 확인하고 있었다.

"옥소가 진수 잠옷 걱정을 했다고? 왜? 어째서?"

은철이는 놀란 토끼처럼 눈을 휘둘러대며 옥소와 진애를 번갈아 쳐다보았다.

"옥소가 진수 잠옷을 걱정했던 거구나. 그게 무슨 의미인지 진애 니도 알제?"

은철이는 말이 떨어지기가 무섭게 돌아서서 문밀동 아이들, 아니 남학생들이 모인 곳을 향해 몸을 돌렸다.

"은철아!"

진애가 급하게 불렀지만, 은철이는 벌써 문밀동 남학생들이 뭉쳐서 있는 곳으로 빠른 걸음으로 걸어가고 있었다. 수학 여행 간다고 새로 샀을 잿빛 잠바를 교복 위에 걸쳤는지 잿빛 재킷 앞 상단이 바람에 날리는 게 은철이에게 잘 어울리는 재킷이었다. 은철이는 거들먹거리는 걸음으로 대여섯 명의 문밀동 남학생이 서 있는 곳으로 여유 있는 걸음걸이로 걸어갔다. 은철이 그 동작만으로도 뭔가를 낌새를 느낀 문밀동 남학생, 무슨 일이던 척을 잘하는 남수가 소리쳤다.

"은철아! 뭐 좋은 뉴스라도 있냐?"

"암! 좋은 뉴스지…"

은철이는 어깨에 힘을 잔뜩 넣었다. 뽕이라도 집어넣은 것처럼 어깨를 끌어올리면서 으시대는 은철이를 향해 모국이가 재촉을 한다.

"좋은 뉴스라는 게 뭐냐? 어서 풀어봐라!"

"바쁘게 털어 놓을 뉴스가 아닌데?"

은철이는 잔뜩 뜸을 들였다. 뜸을 들이고 들려줘도 아까운 뉴스거리였다.

"은철아… 뜸이 너무 길어도 맛이 없어진다는 것 알제?"

이번에는 참다못한 진수가 한마디 했다.

"그래! 무슨 뉴스인지 풀어 놔 봐."

은철이가 물고 온 뉴스라는 게 설마 자신과 관계되는 것이라고는 꿈에도 몰랐을 진수의 한마디에 은철이는 입을 떼었다.

"그러면… 지금 발표할 뉴스에 대해 그 책임은 진수가 져야 한다는 말입니다. 진수가!"

"책임이라니? 무슨 뉴스이기에…."

진수가 반문하자 은철이는 이때다 싶었는지 신이 나서 입을 열었다.

"로맨틱한 사랑 이야기야…. 사랑의 뉴스!"

"대체 무슨 뉴스인데 그래?"

진수가 물었다. 은철이가 총알처럼 뱉어낸다.

"옥소가… 동양 미인이신 옥소가… 진수 잠옷 걱정을 했다네… 진수가 잠옷을 샀는지 안 샀는지 무척 궁금해했다네…. 이게 무엇을 의미하는 걸까요?"

은철이 입에서 폭포수처럼 흘러나오는 말에 진수는 뉴스의 심각성을 알고 입을 다물었다. 다만 모국이의 눈빛이 한순간에 달라지고 있다는 것을 눈치챈 친구들은 없었다. 진수는 질투 섞인 모국이의 눈빛보다도 옥소가 혼자 진수를 좋아했던 것만은 아니라는 것을 친구들에게 알리고 싶었다. 그게 옥소의 자존심을 지켜주는 일이었고, 또 진수도 옥소를 사랑하고 있었다고 고백할 절호의 기회라는 것을 알았던 것이다. 진수는 말했다. 큰소리로 외쳤다.

"옥소가 그랬데? 나도 옥소 잠옷 걱정을 했는데. 우리 쌍둥이 동생 진애 것처럼 그렇게 예쁜 잠옷을 옥소도 샀을까? 궁금했는데, 옥소도 예쁜 잠옷을 샀데?"

진수는 영리했다. 은철이의 말을 받아 자신의 의도를 전달했다.

옥소의 잠옷을 걱정했다는 진수의 그 말에는 옥소가 진수의 잠옷 걱정을 했다는 답이기도 했지만, 진수도 옥소를 사랑하고 있었다는 팽팽한 사랑 고백이기도 했다. 문밀동 남학생들이 박수를 보냈다. 아니… 갑판 위에서 있었던 학생들 전부가 소리치며 박수를 쳐 댔다. 갑판 위에 모여 섰던 학생들의 박수 소리에 모국이의 눈에서는 천천히 빛이 잃어가고 있었다. 질투의 가시는 사랑의 화살에 묻혀 버리는 걸까? 꼼꼼했지만 소심하기만 했던 진수에게서 어떻게 그런 용기가 있었을까? 진수는 옥소가 서 있는 곳으로 달려갔다. 그리고 옥소의 손을 꼭 잡으면 허공을 향해 힘껏 쳐올렸다.

"나! 김진수는 서옥소에게 고백합니다! 이 전에도 사랑했고 지금도 사랑하고, 그리고 이후에도 서옥소를 사랑하는 마음 변하지 않을 겁니다. 지켜봐 줘라! 친구들아. 그리고 선생님들께서도 지켜봐 주십시오!"

진수는 그 순간만은 용맹한 사냥꾼이었고 부드러운 리더였으며 씩씩한 군인 같았다. 박수가 터져 나왔다. 파도 소리가 환호했다. 바람이 휘파람을 불었다. 사랑이 가득 묻어나는 노랫말을 담아서… 옥소는 기어들어가는 듯한 소리로 한마디 했다.

"저도요!"

옥소의 그 한마디에 선체 위에서는 와르르 웃음이 터졌다. 은철이는 머리를 긁적거리며 섰다 말고 두 팔을 활짝 벌렸다. 그리곤 웅변하듯 큰 소리로 외쳤다.

"나는 모르겠습니다. 무궁무진하게 순진하고 정숙한 동양미인 서옥소 씨는 왜 그렇게도 진수의 잠옷이 궁금했을까요? 단순히 진수가 잠옷을 샀는지 안 샀는지 그게 궁금했을까요?"

　머리를 긁적거리며 옥소를 쳐다보는 은철이의 눈에는 장난기가 가득했다. 아이들은 바닷바람에 실려오는 바다내음에 젖어 행복한 모습이었다. 모국이는 홀로 먼 바다를 응시하고 있었다. 진수와 옥소는 친구들을 피해 어디론가 걸어가고 있었다. 친구들은 말없이 부러운 눈으로 바라보았다. 바다는 저 혼자 뱃전에 흰 물보라를 일으키고 있었다.

2

첨성호라는 배

첨성호는 제주도를 향해 유유히 항해를 계속하고 있었다. 첨성호에 승선했던 승객들이나 수학 여행을 떠나는 문밀고등학교 학생들이 마음 놓고 여행을 즐기고 있었다.

첨성호는 육안으로는 그저 평범한 여객선이었다. 아니, 정확하게 말해서 다른 그 어떤 여객선과는 비교도 안 될 만큼 거대한, 그야말로 거대하다는 표현에 걸맞는 여객선이었다. 배 밑 철판은 고래 등처럼 새까맣고 배 난간과 상체는 고래 배처럼 하이얀⋯ 어마어마하게 큰 선체임에 틀림없었다. 누가 보아도 안전성이 있었고, 선체를 책임지고 있을 선박회사도 튼튼한 자본을 가진 잘 알려진 회사였다. 안전해 보이는 여객선, 고급스러워 보이는 겉모습만으로 승객들은 안심할 만했다. 그러나 여행을 목적으로 하는 승객들은 그런 것을 생각하지 않는다. 안전하게 여행할 수 있는 여객선이라면 그만이었다. 그것 한 가지만 믿고 승객들은 몸을 맡긴다. 여행지의 목적지에 도착할 때까지 몸을 맡기고 여행을 즐긴다고 해도 과언은

고래가 되어

아니다. 그렇게 따진다면 여객선 첨성호는 승객들에게 충분한 안전감을 느끼게 했다. 어마어마하게 큰 선체에 놀랍기도 하겠지만 거대한 몸집의 선체이다 보니 바다에서 쉽게 흔들거리거나 쉽게 위험에 처하지 않을 거라는 희망을 품게 하기에도 충분했다. 선체의 외관상으로는 전연 위험해 보이지 않았고 선체는 그 어느 여객선보다도 안전해 보였다. 이만하면 승객 누구라도 편안한 마음으로 여객선에 오를 것이다. 그래서인지 여객선 첨성호에 탄 승객들은 이루 말할 수 없을 만큼 많았다. 승선 인원을 초과했는지 수많은 승객들이 탑승했고 운송할 화물도 무척 많았다. 화물칸에는 발 디딜 틈도 없이 화물들이 쌓여있었다. 그러나 그런 것을 아무도 위험해 보인다고 느끼는 사람은 없었다. 아니… 그냥 무심히 지나칠 뿐 위험하다는 생각은 누구도… 아무도 하지 않았다. 첨성호는 거대한 선체였고 국내에서는 굴지의 자본가가 소유하고 있다는 선체이다 보니 어느 한 사람도 첨성호에 대한 의문이나 의심 같은 건 품지 않았다. 화물이 산더미처럼 쌓여있어도 위험해 보이지 않았고 승객들이 발 디딜 틈도 없이 많이 탔는데도 위험성을 느끼지 않았다. 첨성호는 그만큼 컸고, 인지도가 높은 여객선이었다. 첨성호 선체 안은 평온해 보였다. 수학 여행을 떠나는 학생들은 마냥 들떠있었고 승객들은 평화로운 여행을 즐기고 있었다. 거대한 배 첨성호는 물살을 헤치며 유유히 앞으로 나갔다. 선장실에서의 선장은 태평스러우리만큼 한가해 보였다. 밤낮으로 오가는 항로에 익숙해 있었고 주위에는 어떤 위험 요소도 없는 것처럼 여유로워 보였다. 선장이 항해에 익숙해있다면 그것보다 더 안전할 것은 없었다. 항로에 익숙해있고 위험물에 노출되지 않으면 배는 순조롭게 항해를 할 것이다. 여객선이 목적지까지 순조롭게 도착한다면 더 바랄 게 없었다. 첨성호 여객선 선장은 지나치리 만치 태평스러워 보였다. 그러나 선체를 책임지고 있는 선장이라면 선체가 목적지에 도착할 때까지는 다소의 긴장감이 있음 직한 게 좋을 것 같았는데 첨성호 선장은 손톱만큼의 긴장도 보이지 않았다. 그만큼 자신감에 넘쳐 있었다고나 할까? 첨성호 선장은 태평스러웠다. 누구도 선장의 그런 몸짓과 표정을 걱정하는 사람은 없었다. 아니… 눈여겨보는 사람조차 없었다.

어제 밤 선창에서 깡마른 남자의 지시를 받던 덩치 큰 사내도 승선해 있었다. 으슥한 선창 한 곳에서 마주 서 있었던 덩치 큰 남자와 깡마른 남자와의 수상했던 모습이며 은밀해 보이는 지시며… 단조롭지만 강경한 말투의 대답은 어떤 조직이 아니면 보일 수 없는 행동이었다. 그 깡마른 남자는 무엇을 지시했으며 덩치 큰 사내에게 무엇을 목숨과 함께 지키라고 했던 것일까? 그 궁금증을 알 수는 없었지만 덩치 큰 사내가 첨성호 배에 올랐다는 건 굉장히 중요했다. 덩치 큰 사내는 3등 객실 입구 쪽에서 달팽이처럼 오그라든 채 웅크리고 있었다. 등을 바짝 죄고 두 무릎을 가슴에 닿게 하고는 고개를 푹 숙인 채 웅크리고 있었다. 허리를 펴고 일어서지 않는 한 절대로 덩치가 큰 사람으로는 보이지 않았다. 그리고 아무도 그 사람을 눈여겨보는 사람은 없었다. 그러나 자세히 보면 덩치 큰 남자의 가슴 위에는 제법 큼직한 회색 비닐 뭉치가 눌려 있었고 덩치 큰 사내는 무릎을 세워 그 회색 비닐 뭉치를 숨기는 듯하고 있었다. 눈도 떼지 않고 지키고 있는 게 역력해 보였다. 덩치 큰 사람은 그것을 목숨 줄처럼 지키고 있었지만, 그것을 눈여겨보는 사람도 없었고 수상하게 여기는 사람도 없었다.

순구는 3등 객실로 들어서려다 말고 걸음을 멈추었다. 가슴에 무릎을 세우고 고개를 숙이고 있었던 덩치 큰 남자가 잠깐 고개를 든 순간 걸음을 멈춘 순구와 눈이 마주쳐졌다. 운명이었다. 잠깐 정말 짧은 순간이었는데 두 사람의 눈에서는 불꽃이 튀는 듯했다. 덩치 큰 사내는 순구와 눈이 마주친 순간 살기를 띠는 듯한 광채로 빛났고 순구는 그 눈빛에 놀라서 흠칫했던 것이다. 그러나 그뿐이었다. 외관상으로는 분명 그것으로 끝난, 그냥 두 사람의 눈빛만 마주쳤을 뿐이라고 여겨졌다. 그러나 되도록 사람의 눈을 피하고 싶었을 덩치 큰 사내와 비록 학생이긴 했지만, 목에 힘을 주면서 거들먹거리는 순구와 눈 마주침은 위험을 암시했음이 분명했다. 누가 말해 주거나 알려 주는 일도 아니었지만, 그들은 서로의 눈빛에서 그런 것을 느꼈던 것이 분명했다. 그래서 서로의 시선을 재빠르게 피했을지도 모른다.

덩치 큰 사내는 순구의 시선을 피하며 세운 무릎 사이에 얼굴을 박았고 순구는 시무룩해져서 3등 객실을 향하는 계단에 발을 들여놓았다. 순구는 문밀동 아이였으며 문밀 고등학교 이학년 학생이었다. 그런데도 순구는 문밀동 동네의 학생과는 조금 달라 보였다. 우선 대체로 모범적으로 보이는 문밀동 학생들과는 뭔가는 달랐다. 교복도 단정하지 않았고 모자도 삐딱하니 썼으며 걷는 폼도 무척 건방져 보였다. 마치 자신을 불량배라고 광고라도 하면서 다니는 걸음걸이었다. 사실 순구는 문밀동 학생이면서 진수와 어울리는 멤버들과는 거리가 있었다. 우선 복장이 단정하지 않았고 태도가 불손해 보였다. 동복 차림의 교복이긴 했지만, 단추를 제대로 채우지 않았으며, 바짓가랑이도 다리에 짝 달라붙어 있었다. 교복도 단정한 데도 없거니와 억지로 웃는 듯한 어색한 웃음이 얼굴에 드러나 있었다. 얼굴에서 왠지 불량기가 느껴졌다. 사실 순구는 문밀동 학생이면서도 진수와 어울리는 멤버들과는 거리가 있었다. 그것은 순구 자신이 만들어 낸 골이었으며 거리감이었다. 순구는 스스로 진수 멤버들과는 어울리지 않았다. 왕따를 당해서가 아니라 순구 자신이 그들과 격리되어 갔다. 진수 멤버들과 어울리는 게 그냥 짜증스럽다는 게 그 이유였다. 순구는 거들먹거리는 걸 좋아했고 단독으로 행동하기를 좋아했다. 늘상 불만스러운 표정이며 아무에게나 시비라도 걸 태세였다. 눈은 언제나 내리깔고 고개와 얼굴은 비스듬히 숙이고 있었다. 그러다가 고개를 드는 순간 눈이 마주치는 친구들에게 욕설을 남발했다. 그런 순구에게 대드는 학생도 없었고 시비 붙자고 나서는 학생도 없었다. 그런 순구도 덩치 큰 사내와 눈이 마주친 게 좀 찝찝하긴 했지만, 시비가 붙을 이유는 없었다. 상대가 덩치 큰 어른이어서가 아니라 순구의 시선을 재빠르게 피했던 사내의 눈을 보았던 것이다. 순구의 눈에 비친 덩치 큰 사내는 되도록 사람들 시선을 받지 않으려는 듯한 조심성이 느껴졌다. 순구는 덩치 큰 사내의 조심성을 묵인했고, 덩치 큰 사내는 어딘지 불량스러워 보이는 순구와의 시비를 피하려는 눈치였다. 순구는 덩치 큰 사내가 인상 깊게 남았지만, 신경 쓰지 않고 3

등 객실 계단을 밟았다.

3등 객실 안은 그야말로 별별 사람이 다 모여 있었다. 웅크리고 있는 사람이 있는가 하면 벌써 대자로 뻗어서 누운 사람도 있고 한편에서 멀미를 하는 사람도 있었고 문밀고 학생들 객실이 따로 있는 게 아니었지만 3등 객실 안에는 문밀고등학교 학생들이 눈에 띄게 많았다. 순구는 그 사이로 비좁고 들어선다. 아무도 순구에게 자리를 권하지는 않았다. 그렇다고 싫어하는 내색도 하지 않았다. 그냥 눈에 띄지 않기를 바라는 눈치였고 순구가 그냥 지나치기를 바라는 듯했다. 순구는 문밀동 학생들이 자리를 잡은 곳으로 발을 들여 밀며 중얼거렸다.

"자식들! 쫄기는…."

동급학생인데도 순구는 겁 없이 후배 대하듯 중얼거린다. 그래도 순구에게 대드는 학생은 없었다. 수학 여행을 가는 배 안에서 말썽이 일어나지 않게 하려고 학생들은 조심스러워했던 것이다. 순구도 더 이상의 특별한 용어는 쓰지 않았다. 순구는 문밀고등학교 학생들 사이로 몸을 들여 밀며 반듯하게 누워버렸다. 시비 걸 놈은 없을 테고 이대로 여객선이 제주도에 도착할 때까지 잠이라도 푹 자고 싶었다. 어차피 동년배 학생들과는 어울리는 게 어색한 순구였다. 순구는 반듯하게 누운 채 첨성호 3등 객실 안의 천장을 뚫어져라 바라보았다. 선체 천장은 굉장히 복잡했다. 얼기설기 걸쳐진 c형강이며 제법 넓은 빔 기둥과 그물 같기도 하고 밧줄 같은 동아줄이며 승객들이 자리하고 있을 객실 천장이 너무 어수선해 보였다.

"빌어먹을 것… 객실 천장에 얼기설기 올려놓은 저것들은 다 뭐야? 이거 너무 한 것 아니야? 천장에 빔들을 가로질러 놓다니?"

천장을 받치고 있는 c형강과 빔들이 눈에 거슬렸다. 짐 칸도 아닌데 말이다. 가로, 세로 얽혀놓은 빔들이 튼튼해 보이긴 했지만, 승객들이 앉거나 눕고 할 객실 천장에는 어울리지 않았다. 객실 양쪽에는 용도도 알 수 없는 선박용 물품들이 너저분했다. 또한 구명조끼가 형식적으로 몇 개 책장에 꽂힌 형태로 가지런히 놓여 있었다. 배가 순조롭게 도착지에 도착한다면 필요 없는 물건들이었다. 그러나 도착지까지 순조롭게 가지 못한다면 승객들이 이용해야 하는데 승선한 승객 수에 비해 턱없이 부족해 보였다. 구명조끼 몇 개는 누가 보아도 형식적으로 진열되어 있었고 그 이외의 필요한 장비는 눈을 닦고 보아도 보이지 않았다.

"망할 놈들! 이렇게 거대한 선체에 진열된 장비라곤… 핏… 그냥 형식뿐이군…."

순구는 중얼거렸다. 불량배로 여겨지는 순구가 무슨 말을 하든… 들어 줄 사람은 없다. 순구는 픽픽거리며 허리를 뒤집었다. 엎어진 채 한숨 잘 생각이다. 그런데 잠은 영 오지 않았다. 친구들과 어울리지는 않았지만, 수학 여행은 수학 여행이다. 순구라고 즐겁지 않은 건 아니었다. 그런데 즐겁지가 않았다. 자려고 해도 잠은 오지 않았다. 눈동자가 말똥말똥 해지면서 떠오르는 건 아버지의 얼굴이었다. 궁상스럽고 비굴하고 가난에 찌든 듯한 아버지 민상철! 동네에서도 기 한번 펼치지 못하고 고개를 푹 숙인 채 살아가는 궁상스러운 아버지였다. 가난 때문에 이유 없이 주눅이 든 거라면 진작 돈이라도 벌든지? 누구한테 큰소리 한번 못 치고 정정당

당하게 말할 줄도 모르는 아버지 때문에 순구는 오히려 더 거칠어져 가고 있었다. 주눅 들린 듯 살아가는 아버지가 싫어서 순구는 오히려 거칠고 불량스럽게 살았다. 주눅 들어서 살아가는 아버지보다는 억지로라도 거칠게 살고 싶었던 순구였다. 그런데 아버지 민상철의 모습이 자꾸만 떠오른다. 어깨가 축 처진 모습, 근심 걱정을 안고 있는 듯한 얼굴 그보다도 수학 여행을 떠나려는 전날 밤 아버지와의 언쟁 때문에 마음이 편치 않은 순구였다. 순구는 애당초 수학 여행 같은 건 꿈도 꾸지 않았다. 학교에 내어야 할 여행비도 여행비였지만 순구가 수학 여행을 간다면 그 비용 때문에 어려움이 한참이나 길어질 것을 알기 때문이었다. 그런데 아버지는 순구 몰래 학교에 내야 할 여행비를 냈고 순구에게 수학 여행을 갔다 오라는 것이었다. 안 가겠다는 아들과 가야 한다고 떠미는 아버지와의 언쟁이 높았다. 순구는 어차피 낸 수학 여행비가 아까워서 출발을 결심했고 아버지는 전날 밤 순구의 머리를 쓰다듬으며 조심스럽게 웃기까지 했다.

"순구야! 아무 생각 말고 잘 다녀와! 수학 여행은 평생 기억에 남는 여행이란다. 기분 좋게 다녀와!"

"수학 여행비로 쌀 몇 말을 사고 전기세 몇 달을 내는지 알어?"

"이놈아 대가리에 피도 안 마른 놈이 그런 걱정하면 재수가 없어! 그러니 걱정은 내려놓고 잘 다녀와! 그리고… 아버지한테 재밌는 이야기도 해주고…"

순구 아버지는 순구의 머리를 몇 번이나 쓰다듬었다. 순구가 이렇게 씩씩하게 커 준 게 순구 아버지 민상철에겐 둘도 없는 자랑거리였고 순구는 세상에 내어놓은 자신만의 보배이기도 했다. 순구가 여행을 갈 수만 있다면 모든 것을 내놓을 순구 아버지였다. 수학 여행 전날 밤 아버지와 순구는 깊은 부자(父子)의 정을 나누었던 것도 사실이었다.

'정말, 아버지는 무슨 돈으로 여행비를 냈을까?'

순구는 풀 수 없는 수수께끼를 안은 기분이었다. 여행이 끝나고 집에 돌아가면 아버지에게 꼭 물어보리라 생각했다. 그때 순구 옆에 앉았던 성진이가 순구의 허리를 쿡쿡 찔렀다. 순구의 허리를 찔렀다는 건 대단히 겁 없는 행동이었고 시비나 싸움도 불사한 행동이었다. 순구는 성진이를 째려봤다. 학교에서 몸집이 제일 왜소한 성진이다. 그 성진이가 순구의 허리를 찔러댔다.

"뭐야? 너는…."

순구는 성진이를 노려보면 짧게 외쳤다. 절대 쨉이 되지 않는 성진이었으니 화를 내는 게 우스운 이야기였다. 성진이는 겁 없이 방긋 웃으면 말을 걸어왔다.

"순구야! 아까 갑판에서 문밀고 학생들이 떠들썩했는데 왜 그랬는지 알아?"

"왜 그랬는데?"

"옥소 알지?"

"알고 말고…"

"동양미인이라고 소문난 그 옥소가 진수 잠옷을 걱정했다는 거야!"

"뭐? 옥소가… 진수 잠옷을 걱정해? 그게 무슨 말이야?"

"진수가 잠옷을 샀는지? 안 샀는지 궁금해했다는 거야!"

성진이는 아이가 어른 턱밑에 앉아 이야기하듯 순구의 턱밑에 앉아 신기한 듯 떠들어댔다.

"옥소가? 왜?"

"그만큼 진수에게 관심이 있다는 거지? 그래서… 옥소의 마음이 드러났고 옥소의 마음을 알게 된 진수가 유창한 목소리로 고백했다는 거야. 옥소를 사랑한다고… 죽을 때까지 사랑하겠다고…."

"드디어 옥소의 소망이 이루어졌구먼…"

순구는 혼자 중얼거리며, 환하게 웃었다. 순구의 바로 옆집에 옥소가 살고 있었다. 옥소와 순구는 울타리를 사이에 두고 있어 작은 행동으로 서로의 마음을 알 수 있었다. 자주 왕래하거나 친한 사이는 아니었지만, 순구는 진작부터 알았던 것이다. 옥소가 진수를 얼마나 사랑하고 있었는지를, 진수와는… 별 친하지도 않은 순구에게 진수가 뭘 좋아하는지를 물었고 무슨 색을 좋아하는지를 물었던 옥소였다. 그리고 진수가 좋아한다는 노래를 옥소가 콧노래로 부르는 것을 순구는 여러 번 들었다. 옥소에겐 축하해 줄 일이었지만 언제나 무슨 일에든 좋은 일이 있으면 다른 한편으로는 좋지 않은 면도 있다.

순구는 옥소에겐 축하해 주었지만 모국이를 생각하면 씁쓸해졌다. 모국이가 옥소에게 관심을 쏟았던 건 꽤 오래전부터였다. 워낙 내성적이고 사람들과의 접근을 기피했던 옥소였던지라 모국이가 가까이 다가가지 못했을 거라고 짐작은 했지만 옥소가 진수를 그렇게까지 사랑하고 있었을 줄은 몰랐다. 옥소의 성격을 보아 그 정도의 적극성이었다면 옥소는 진수를 대단히 좋아했던 것 같았다. 진수의 잠옷까지 걱정하고 있었다니…. 순구는 혼잣말처럼 중얼거렸다.

"모국이가 안 됐구먼…."

"왜?"

왜소한 성진이는 눈치 없이 물었다.

"응! 모국이도 옥소를 좋아했거든."

순구의 말에 성진이가 여자처럼 입을 삐죽거렸다.

"학교에서 옥소 안 좋아했던 학생이 있었겠어?"

성진이는 그 왜소한 몸을 떨며 눈시울을 붉혔다. 옥소가 동양미인이었음에는 틀림없었던 모양이다. 어쨌든 진수를 좋아했던 옥소가 진수에게서 사랑 고백까지 받았다니 옥소에게 축하의 박수라도 보내야 하는 건 아닌가 모르겠다. 순구는 머릿속으로 빙빙 돌고 있는 아버지의 모습을 애써 떨쳐내며 자리에서 일어섰다. 3등 객실 밖으로 나갈 태세였다. 아무래도 객실 안은 답답했다. 진수 멤버들과 휩쓸리고 싶지는 않았지만, 갑판 위에 서서 바람이라도 흠씬 쐤으면 했다. 순구가 3등 객실 밖으로 나왔을 때였다. 덩치 큰 남자가 순구 앞을 가로 막고 섰다. 순구는 덩치 큰 남자의 아래위를 훑어보면서 눈살을 찌푸렸다.

"왜요? 왜? 앞을 막아서시는데요?"

눈살을 찌푸리며 반항하듯 하는 순구가 덩치 큰 남자에겐 요주의 인물로 보였던 걸까? 덩치 큰 남자는 살기로 번들거리는 눈으로 순구의 아래위를 훑어보면서 말했다.

"보아하니 수학 여행으로 배를 탄 학생인 모양인데 학생이면 학생답게 얌전하게 지내!"

"제가 뭘 잘못했는데요!"

순구도 만만치 않았다. 남자도 덩치는 컸지만, 키가 순구와 대등했다. 순구는 앞을 가로막은 덩치 큰 남자가 못마땅했고 덩치 큰 남자는 어딘지 불량스러워 보이는 순구가 못마땅했다. 아니 덩치 큰 남자는 순구의 존재가 눈에 거슬렸다. 무엇인지는 모르겠지만, 자신을 눈여겨 감시하는 것 같았고 어쩌면 덩치 큰 남자가 무엇인가를 숨기고 있다는 것을 알고 있는 듯한 묘한 느낌이 들었던 것이다. 덩치 큰 남자는 순구를 노려보면 소리쳤다.

"경고하는데 더 이상 내 눈에 띄지 않도록 해!"

"…"

"한 번만 더 내 눈에 띄었다간 죽을 수도 있어!"

덩치 큰 남자는 거침없이 죽을 수 있다고 했다. 더 이상 눈에 띄지 말라는 경고였다. 순구는 바짝 겁이 났다. 왜 그런지는 모르지만, 덩치 큰 남자가 순구에게 보내는 시선에서 살기가 느껴졌다. 순구는 덩치 큰 남자에겐 관심이 없다는 걸 전하고 싶었다. 그래서 순구는 안 해도 될 말을 해 버린 것이다.

"저는 아저씨가 가지고 있는 회색 비닐 뭉치에 대해서는 관심도 없어요!"

"회색 비닐 뭉치? 그걸 니가 봤다는 거야?"

"그냥 얼핏 봤어요! 뭐가 들었는지 모르지만, 아저씨가 굉장히 소중히 여기는구나 생각은 들었지만!"

순구의 말이 채 끝나기도 전에 덩치 큰 남자는 순구에게 바짝 다가서며 무서운 어조로 말했다.

"니놈이… 아주… 목숨을 내놓았구먼…."

덩치 큰 사내가 중얼거리는 말을 순구는 듣지 못했다. 배에 부딪치는 큰 물살이 부서지면서 사내의 말을 삼켜 버렸던 것이다. 첨성호 선체 안에서는 이미 위험한 존재가 도사리고 있었고, 위험할 정도의 화물이 적재되어 있었는데도 첨성호에 승선하고 있는 승객들은 그 사실을 전혀 모르고 있었다. 첨성호는 유유히 물살을 가르며 항해를 하고 있었다.

고래가 되어

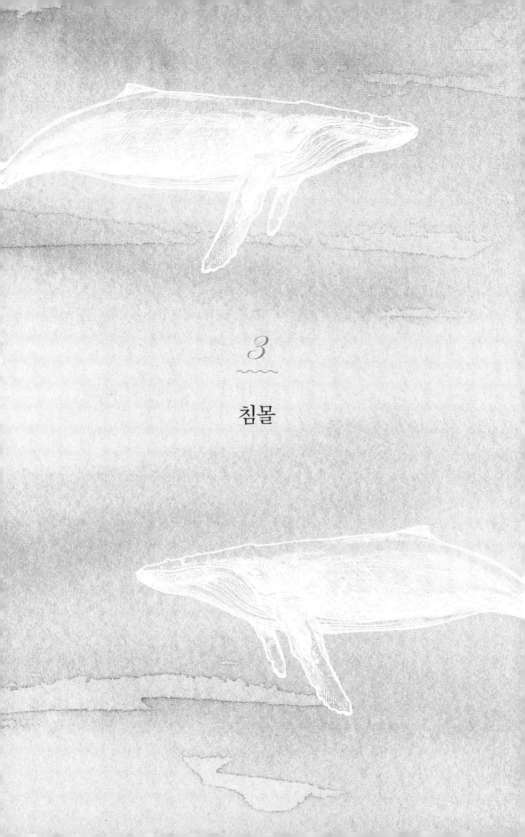

3

침몰

하윤회 교감선생님은 책임이 무거웠다. 학생 수가 자그마치 백 오십 명이다. 인솔 총책임자로 지명된 하윤회 교감선생님으로서는 부담도 컸고 걱정되는 게 사실이었다. 내년이면 정년퇴직이다. 그런데도 인솔하는 선생님들에 합류할 수밖에 없었다. 학교에서는 인솔책임자로 관리자가 한 사람 가는 것이 관례였기 때문이다. 젊었을 때 같으면 수학 여행 인솔자로 떠나는 게 부담스럽지가 않겠지만, 지금은 사정이 달랐다. 나이가 들었고 움직임도 예전과 같지 않았다. 교감선생님은 첨성호 갑판 위에서 인솔 선생님을 점검했다. 한 치의 실수가 없어야 했기 때문이었다.

떠나기 전 선생님들과 협의를 하면서 안전사고에 대하여 전달 교육을 했다. 특히 아이들을 자식처럼 걱정하고 감시하면서 위험으로부터 보호하라는 말씀도 잊지 않았다. 수학 여행에서 가장 중요한 건 아이들이 무사히 귀가할 때까지 한 사람이라도… 낙오되거나 다치는 일이 없는 것이다. 하윤회 교감선생님은 그것을 선생님들에게 강조하고 또 강조했다.

"윤 선생님!"

"예! 교감선생님!"

수학 선생님은 눈을 동그랗게 뜨고 교감선생님을 바라보았다. 특별히 지적해서 부르는 게 좀 부담스러운 모양이었다. 사실 하윤희 교감은 수학 선생님의 권위적이고 욱 하는 성격이 걱정되었다. 조심스럽고 조심스럽게 말머리를 꺼냈다.

"수학 여행이라는 생각에 아이들이 들 떠서 다소 과격한 장난들을 할지 모르겠지만… 그래도… 너무 심하게 야단치거나… 꾸짖지 않는 게 좋겠지요… 되도록 타이르시는 쪽으로 하시는 게 좋을 것 같습니다!"

"예! 알겠습니다… 무슨 말씀이신지를"

수학 선생님은 다소곳해지면서 금방 교감선생님의 의도를 알아차린 듯 대답했다. 이의도 없었고 서운해 하지도 않았다. 평소 괄괄한 성격 때문에 학생들에게 욕설도 하고 학생들 머리통 정도는 쉽게 쥐어 받는 수학 선생님은 특별하게 주의를 주시는 교감선생님에게 별 감정 없이 유쾌한 어조로 대답했다.

"다행입니다. 제 말뜻을 이해해주셔서…"

교감선생님도 수학 선생님의 대답에 명쾌하게 답을 보냈다. 선생님들과의 이해 관계도 중요했기 때문이었다.

그때였다. 국어를 담당하고 계시는 김원주 선생님이 아이들처럼 손을 번쩍 들었다.

"교감선생님!"

"예! 말씀하십시오. 김원주 선생님!"

"여러 가지 지시하실 게 많겠지만, 선생님들의 자리 배치도 중요할 것 같은데요"

"예! 예! 좋은 말씀입니다… 뿔뿔이… 헤어져 있을 아이들을 지켜보려면 선생님들의 자리 배치가 중요하겠군요."

"…"

"그러면 수학 선생님은 아이들이 많이 모여 있는 갑판에서 지켜주시고 양호 선생님은 2층 객실 그리고 체육선생님은 선체 둘레와 으슥하고 후미진 곳을 잘 살펴주시면 되겠고요. 김원주 선생님은 3등 객실 안을 지켜주시면 되겠습니다.

"교감선생님은요?"

"저는 3등 객실 입구와 계단에서 지키겠습니다. 오르내리면서 갑판 위에 있을 아이들을 지키지요…."

"교감선생님! 아무래도 그쪽은 움직임이 많을 장소이니까… 거기에 제가 서겠습니다.!"

나이가 드신 교감선생님을 배려한 김원주 선생님이셨다. 교감선생님은 고개를 끄떡거렸다.

"예, 그럽시다. 3등 객실 입구에서라면 갑판 위에도 쉽게 올라갈 수 있을 거고… 입구라면 학생들이 어디에 있든 빨리 달려가서 살펴줄 수가 있겠지요."

교감선생님은 젊은 김원주 선생의 의견에 수긍하면서 결정을 내렸다. 다른 선생님들도 이의가 없었다. 교감선생님은 그렇게 선생님들의 자리 배치를 하고는 다소 안심이 된 듯한 표정이다.

"끝으로 각 담임 선생님들은 반 아이들이 뭉쳐있는 곳에서 아이들을 살펴주시면 되겠습니다."

"예! 교감선생님!"

담임 선생님들은 합창하듯 목소리를 높여 대답했다. 선생님들의 자리 배치가 결정되었고 권위적이고 괄괄한 성격의 수학 선생과 합의도 끝났다. 이제… 아이들을 지켜보고 있으면 되는 것이다. 그리고 첨성호는 안전하게 제주도를 향해 항해할 것이다. 선생님들도 심리적으로 안정된 표정들이다. 3반 담임 선생님이신 김성재 선생님이 김원주 선생님에게 느긋이 다가서면서 쥐고 있는 책 모서리로 김원주 선생님의 팔을 툭 쳤다. 김원주 선생님은 활발한 성격 탓에 너그럽게 웃음을 지으면 말했다.

"성재 선생님 왜 그러세요?

수학 여행 기분에 들뜨시나요?"

"예! 기분이 쭈글쭈글 들뜹니다!"

"호호호, 들뜬다는 건 좋은 의미의 기분 아닙니까? 그런데 왜? 쭈글쭈글합니까?"

"아까… 갑판 위에서 아이들이 환호하고 웃어대면 박수까지 쳤던 것 못 보셨습니까?"

"아이들이 왜 그랬는데요?"

"전교 일등 성적을 놓치지 않는 그 모범생 김진수가 사랑 고백을 했습니다! 첨성호 갑판 위에서 말입니다. 그것도 문밀고등학교 이학년 학생들 대부분이 지켜보는 가운데에서 말입니다."

"진수가요? 대체… 누구를 얼마를 사랑했기에 그 순진한 진수가 그런 배짱을 부렸답니까?"

"예쁘장하게 생긴 옥소에게 말입니다."

"상대가 옥소라면 진수가 배짱 좋게 고백할 만했군요!"

김원주 선생님은 의외로 화끈했다. 아이들 심리를 꿰뚫어 보고 있었던 것처럼 놀라지도 않았고 오히려 당연한 듯 쾌활한 어조로 인정했다. 그런데 김성재 선생님의 표정은 영 떫뜨름 해 보였다.

"그런데 김성재 선생님 표정이 왜 그래요?"

"우리는 이게 뭡니까? 사랑할 대상도 없이 늙어가고 있으니 말입니다!"

"왜? 김성재 선생님은 그만한 나이에 아직 사랑하고 싶은 대상도 찾지 못했습니까?"

"예! 찾지 못했습니다. 그러시는 김 선생님은 사랑하시는 대상이 있으십니까?"

"예! 있습니다… 그것도 한 사람이 아니라 많이 있습니다!"

"사랑할 대상이 많다고요?"

"예! 우리 학교 학생들이 어디 한두 명입니까? 저는 우리 문밀고 등학교 학생 전부를 사랑합니다!"

"뭐요?"

김성재 선생님은 김원주 선생의 그 호탕한 대답이 싫지 않은 모양이다.

"예! 좋으시겠습니다! 학생들 모두를 사랑하신다니? 어마어마하십니다."

"호, 호, 호"

"행복하시겠습니다. 노처녀님!"

"예! 행복합니다. 노총각님!"

김원주 선생의 농담에 김성재 선생도 껄껄 웃어버렸다. 그리고 3 등 객실 입구로 발을 돌렸을 때였다. 김원주 선생님은 덩치 큰 한 남자 앞에서 서 있는 순구를 발견하고는 걸음을 멈추었다.

"왜 그러십니까?"

김성재 선생의 물음에 김원주 선생님은 손가락으로 입을 가리며 눈짓을 했다. 조용히 하라는 의미였다. 그리고 김성재 선생을 잡고 모퉁이 쪽으로 끌고 가면서 몸을 숨겼다. 덩치 큰 남자의 태도가 예사롭지가 않아서였다. 그리고 문밀고등학교에서 거의 불량배 취급을 받는 순구가 그 남자 앞에 서 있는 것도 예사롭지가 않았던 것이다. 김원주 선생님은 김성재 선생님의 옷자락을 거머쥐고는 그들을 조심스럽게 지켜보았다. 순구의 목소리가 거기까지 들렸다.

"아저씨가 무거워 보이는 짐 꾸러미를 가슴에 끌어안고 있으니 수상해 보였잖아요…. 사람들은 보통 무거운 건 앞에 두거나 옆에 두지… 가슴에 끌어안고 있지는 않거든요…."

"이 자식아 상관 말고 그 주둥이 닥쳐!"

덩치 큰 남자의 입에서도 거친 말이 나오고 있었고 순구는 지지 않고 대들고 있었다.

"그게 뭔지는 모르지만 아저씨 생명보다 더 소중하게 여기잖아 요! 그러면 대충 뭔지 짐작이 가잖아요!"

"뭐? 그럼 니놈이 그게 뭔지 안다는 거야?"

덩치 큰 남자는 금방이라도 순구의 멱살을 움켜쥘 기세였다.

"알긴요. 그렇다는 거지요!"

순구는 덩치 큰 남자를 나무라듯 쏘아붙이고 돌아섰다. 순구가 돌아선 순간 덩치 큰 사내는 몸을 날리듯하면서 순구의 뒤를 바짝 따라붙었다.

"순구야! 객실 안으로 들어오지 않고 뭐 해!"

김원주 선생님은 그때야 순구를 불러세웠고 객실 안으로 불러들였다. 순구는 3등 객실 안에서 답답하다는 이유로 나왔지만, 김원주 선생님이 이름까지 불러주는 바람에 기분이 좋아져서 껑충껑충 뛰기까지 했다.

"예! 선생님"

순구는 김원주 선생님에게 허리를 굽혀 꾸벅 절을 하고는 3등 객실로 들어갔다. 덩치 큰 남자 앞에서 벗어났다는 안도감에도 기분이 좋아진 순구였다.

덩치 큰 남자는 선생님이 학생을 부르는 소리에 흠칫하며 돌아가 버렸다. 김성재 선생님은 순구의 뒷모습과 덩치 큰 남자의 뒷모습을 보면서 고개를 갸우뚱거렸다.

"순구가 보기에는 불량스럽지만, 인사성은 밝군요. 선생님 말씀에 잘 따르기도 하고요."

"그런데 성재 선생님… 저… 덩치 큰 남자는 이상하지 않습니까?"

"남의 일에 지나친 관심은 금물입니다!"

"예! 예!"

김원주 선생님도 더이상 개입할 일은 아닌 것 같아 입을 다물고 말았다. 그때, 선체가 흔들렸다. 사람의 몸에 약간의 미동이 느껴질 정도의 흔들거림이었다. 김원주 선생님은 김성재 선생의 옷을 움켜쥐며 중얼거리듯 말했다.

"어? 왜 이러지? 몸이 흔들려요!"

김원주 선생의 말이 채 끝나기도 전이었다. 바다 밑에서 벼락치는 듯한 굉음이 뿜어져 나왔다. 그리고 거대한 선체 첨성호가 종이배처럼 가볍게 흔들렸다. 그러나 그 흔들거림은 결코 가벼운 것이 아니었다. 벼락치는 듯한 굉음이 울리고 첨성호는 무서운 속도로 흔들거렸다.

"배가 흔들린다!"

누군가가 소리친다.

"배가 흔들려요!"

"선생님 배가 흔들려요!"

여기저기서 아이들이 소리를 질러댔다. 김원주 선생은 그 와중에 교감선생님에게 달려갔고 교감선생님에게 소리쳤다.

"교감선생님! 아이들이 안전하도록 무슨 말씀이라도 하세요! 아이들이 흥분한 것 같아요!"

김원주 선생의 목소리는 다급했고 교감선생은 두 팔을 벌려 보이며 소리쳤다.

"잠깐만! 잠깐만! 우리 문밀고등학교 학생들! 교감선생의 말이 들리면 대답을 하십시오!"

"예! 교감선생님!"

아이들 대답은 크고 활달했지만, 상황은 금시 긴박해졌다.

"문밀고등학교 학생들!"

"예!"

"침착하십시오…. 그리고 곁에 있는 친구들과 손도 잡고 흩어지지 않게 붙어 있으세요!"

교감선생은 아이들을 향해 최선의 지시를 내렸다. 아이들이 동요하는 것은 우선적으로 막을 생각이었다. 동요하지 않고 침착해야만 된다고 생각했다. 그러나 상황은 빠르게 변했고 순식간에 긴박해졌다. 아니 배가 가라앉고 있었다. 벼락 치는 듯한 굉음이 터진 몇 분 뒤였다. 거대한 첨성호 선체가 힘없이 무너지는 것 같았다. 물속으로 서서히 기울고 있었다. 갑판 위에서는 사람들이 비명을 지르고 우왕좌왕했다. 모두 어찌할 바를 모르고 허둥대고 있었다. 짧은 순간이었다. 굉음과 함께 배가 바닷속으로 드러눕듯이 쓰러지고 있는 것이다. 선체 안은 금시 아수라장이 되었다. 비명을 지르며 미친 듯이 뛰어다니는 사람이 있는가 하면 벌써 실성한 듯한 눈빛으로 몸을 움츠리는 사람도 있었다. 누구나… 선체 안에서는 누구나… 배가 가라앉고 있다는 것을 느낄 수 있는 상황이었다. 겁에 질려서 미친 듯이 뛰어다니는 사람들, 금방이라도 죽을 것처럼 숨을 몰아쉬는 사람들, 갑판 위에서 객실로 들어서려고 했고 객실 안에서는 밖으로 나오려는 사람들로 아수라장이 되었다. 아니 사람들로 서로 밀고, 밀리며 한 덩어리처럼 뭉쳐 움직였다. 소리 지르고 비명이 터지고 여가 저기서 욕설도 터져 나오고 선체 안은 금방 아수라장이 되었다.

그런데 이상하게도 선체에서는 위험 정도를 알리는 방송 한마디 없었다. 어떻게 대처하라는 안내 방송도 없었다. 선원들은 한 사람도 눈에 띄지도 않았다. 자신 있고 여유로웠던 선장조차도 이 긴박한 상황에 대해서 대처가 없는 모양이다. 상황 설명도 없었고 위험한 상황에서 어떻게 대처하라는 안내 방송조차 없었다. 승객들은 거대한 첨성호에서 우왕좌왕하고 있는데 승객들의 생명을 책임질 승무원들은 아무런 대처 방안이 없는 모양이다. 거대한 선체 첨성호가 가라앉고 있는데 말이다. 교감선생은 상황판단이 섰다. 거대한 선체 첨성호가 가라앉고 있다는 것을 직감했다. 위험하고 무시무시한 상황이 예고되는 순간이었다. 교감선생님은 3등 객실을 향해 소리쳤다.

"김원주 선생님!"

"예! 교감선생님!"

"아이들을 객실에서 나오도록 하십시오. 아무래도 배가 가라앉고 있는 것 같습니다!"

교감선생님은 객실 안에 있는 아이들을 향해 외쳤다.

"긴급상황이다! 어떤 위험이 닥칠지 모르니 두 사람씩 짝을 지어 안전한 곳으로 피해 있도록 해라! 학생들! 교감선생님의 말을 알아들었으면 모두 큰소리로 대답하도록!"

"예! 교감선생님!"

"예! 교감선생님."

아이들은 학교 측 선생님과 교감선생님의 지시를 어김없이 지킬 태세였다. 대답 소리는 힘찼다. 겁이 났고 무서웠지만, 아이들이 침착성을 잃지 않는 것이 고마울 따름이었다. 아이들의 눈동자는 별

빛보다 더 반짝거렸다. 선생님의 지시 한 마디 한 마디를 놓치지 않으려고 귀를 쫑긋거렸고 별빛 같은 눈동자로 선생님들을 응시했다. 겁에 질려 있을 만도 한데 내색하지 않았고 무서웠을 텐데도 표현 한마디 하지 않았다. 초롱초롱 눈빛으로 선생님을 응시했고 토끼처럼 귀를 쫑긋거리면서 선생님들의 지시를 듣느라고 애를 썼다. 그 아이들의 눈동자를 보면서 그 아이들의 순진한 표정을 보면서 왈칵 쏟아지는 눈물을 교감선생님은 손등으로 훔쳤다. 아! 정말이지 이대로 배가 침몰하는 거라면 생각만 해도 끔찍했다. 그것만은 일어나지 않아야 했다. 그러나 이미 선체 안으로 물은 차오르고 있었다. 교감선생님은 김원주 선생님을 보았다. 어떤 의미로는 아이들보다 더 겁에 질려있는 듯한 김원주 선생님에게 다가가면서 교감선생님은 마치 자신을 위로하는 듯한 말처럼 말했다.

"김원주 선생님! 괜찮겠지요. 이대로 잠시 배가 흔들릴 뿐 별다른 일은 일어나지 않겠지요."

"예! 교감선생님!"

"아이들 눈동자를 보십시오. 저 맑은 표정들을 보십시오…. 저런 아이들에게 무슨 일이 일어나겠습니까? 천사들도 도와줄 표정들 아닙니까?"

"예! 교감선생님! 우리 아이들에겐 위험한 일이 닥치지 않을 겁니다. 아이들이 천사인데요…."

"그럼요! 그럼요! 우리 아이들이 천사인데 누가 해꼬지하겠습니까? 괜찮을 겁니다!"

그러나 교감선생님의 주름진 얼굴에는 근심과 걱정으로 방울진 눈물이 쉴새없이 흐르고 있었다. 아이들의 눈에도 아이들을 걱정하는 교감선생님의 마음이 전해졌던 걸까? 3등 객실에서는 아이들이 도망치듯 나갈 것 같았는데 아무도 허겁지겁 뛰어나가지 않았다. 그리고 아이들은 서로의 몸을 밀착시키면서 소리쳤다.

"괜찮아!"

"괜찮아!"

"괜찮아!"

위협을 감지하면서도 괜찮다고 소리치는 합창에 교감선생은 울었고 김원주 선생님도 울었다. 그리고 아이들은 더 큰 소리로 외쳤다.

"선생님! 교감선생님! 우리는 괜찮습니다."

위로받아야 할 아이들이 선생님들을 위로했다. 그러나 이 아름다운 순간에도 첨성호 거대한 선체는 물밑으로만 끌려가고 있었다. 침몰되어 가는 것이 확실했다.

기울어가는 선체 위에서 사람들은 미쳐 가고 있었다. 첨성호는 서서히 침몰해가고 사람들은 선체 안에서 버려진 생명으로 추락해 갔다. 물살은 커칠게 밀려 오고, 이미 선체 안은 물바다였다.

구명조끼를 입어야 하는지 어디로 대피해야 하는지 누구 한사람 상황을 설명해주지도 않았다. 기울어가는 선체 위에서 사람들은 아우성을 쳤고 겁에 질려 비명만 질렀다. 배가 흔들리고 쓰러지면서 손에 든 스마트 폰을 놓지 않고 여기저기에 전화를 거는 사람들, 그리고 울먹거리며 스마트 폰 숫자를 눌러 대는 학생들, 배가 침몰해가는 순간에도 사람들은 스마트 폰을 눌러 댔다. 그것만이

유일한 희망인 것처럼…

배가 기울기 시작하자 갑판 위에서는 한쪽으로 우르르 사람들이 몰리고 몰린 사람들은 짐짝처럼 뒤엉켰다. 그리고 쌓아놓은 짐들이 무너지고 사람을 덮쳤다. 그래도 선체에서는 아무도 나타나지 않았다. 마치 선원도 선장도 없는 유령선 같았다.

교감선생님은 갑판 위로 올라왔다. 교감선생님 눈에는 첨성호 선체에서 사람들 모두가 버려진 듯이 보였다. 선체로 물이 덮쳤다. 그리고 선체 바닥이 기울어 물에 잠기기 시작했다. 벌써 첨성호 선체 안은 안전한 곳이 없어 보였다. 불안해진 사람들은 비명을 지르며 좀 더 안전한 곳으로 대피하기 위해 물속에서 더듬대며 걸었고, 뛰었다. 그러나 안전한 곳이라고는 없었다. 선체는 아수라장이고 사람들은 겁에 질려서 본능적으로 움직였다. 첨성호는 바닷속으로 가라앉기만 했다. 누구도 이 긴박한 상황을 막아낼 것 같지가 않았다. 교감선생은 김원주 선생님을 향해 소리쳤다. 절박하고 긴박했던 상황처럼 교감선생의 목소리는 가닥가닥 풀려있었다.

"김원주 선생님… 핸드폰으로 119와 각 해양경찰에 연락하십시오. 어느 기관이든 좋으니 국가기관에도 연락하십시오.

남해항 앞바다에서 한 시간 정도의 향해 지점에서 첨성호가 침몰하고 있다고… 전해야 합니다.

첨성호가 완전히 침몰했다고 하십시오. 첨성호 선체에는 문밀고등학교 학생 백 오십 명이 승선했으며 일반 승객들도 탑승해 있다고 전하십시오. 구조선을 보내지 않으면 모두 죽을 수 있다고 말씀하셔야 합니다."

교감선생님의 지시는 처절했다. 인명을 중요시하는 인식이 말 한 마디 한마디에서 느껴졌고 울리는 소리에서도 느껴졌다. 김원주 선생님은 핸드폰을 누르고 또 눌렀다. 누군가 전화를 받는 사람이 있으면 생명줄이라도 잡은 것처럼 매달려서 도와 달라고 외쳤다. 교감선생의 지시대로 구조선을 보내 달라 했고 사람들이 물에 잠겨 떠내려간다고도 했다. 전화에다가 살려달라고 외치기도 했다. 하윤희 교감선생님은 학생들이 위험하다면 이곳저곳을 뛰어다녔다. 벌써 물에 잠겨버린 아이들이 있으면 손을 뻗쳐 구했고 미끄러지고 넘어지는 아이들이 있으면 몸을 부서지더라도 뛰어들어가 구해내기도 했다. 이런 상황에서는 하윤희 교감선생은 절대로 은퇴를 앞둔 노장 교감이 아니었다. 젊고 씩씩했으며 인명을 구하기 위해 사명을 받은 사람처럼 희생적이셨다. 문밀고등학교 학생들은 어느새 교감선생님을 에워쌌고 교감선생님이 인명을 구하기 위해 몸을 내던지면 학생들도 교감선생을 도왔다. 학생들은 살기 위해서 안전한 곳으로 대피하려 하는 것이 아니라 교감선생님을 도와서 누군가를 구하는 데 힘을 보탰다. 피자 한 조각 더 먹겠다고 싸우고 아이스크림 한 입 더 먹겠다고 싸우던 그 아이들이 아니라 인명을 구하기 위해 목숨도 버릴 것 같은 교감선생의 정신을 배우고 실천하고 있었다. 눈물겹도록 열심히, 슬프도록 애달프게 힘을 모으고 있었다. 김원주 선생님은 아이들의 그런 모습을 보면서 눈물을 흘렸다. 키가 큰 모국이는 무릎까지 잠기는 물속에 뛰어들어가 첨벙거리고 있는 사람들을 구했고 진수는 모국이가 구해준 사람을 인계받아 다시 더 안전한 곳으로 옮겨주느라 몸도 바쁘고 마음도 바빴다. 문밀고 학생들이 아니어도 구해내었고 일반 어른들도 구했다. 학생들은 필사적으로 구조활동을 하였다. 학생들은 다른 사람들을 구하기 위해 자신을 아끼자 않았다. 모두가 의젓하고 기특했다.

첨성호의 선체는 점점 더 한쪽으로 기울어졌고 물살은 파도 높이보다 더 높게 밀려왔다. 선체를 향해 쏟아지는 물살은 사람이든 짐짝이든 가리지 않았다. 선체를 향해 쏟아지는 물살의 속도는 점점 빨라졌고 그 물의 힘은 엄청났다. 사람이 막을 수 있는 것들이 아니었다. 물살의 속도와 물의 무게에 사람들은 그대로 노출되어 있었다. 말로만 듣던 집채만한 물살에 밀리고 사람들은 쓰러지고 넘어지고 물에 휩쓸렸다. 살려달라는 아우성과 피를 토하는 듯한 비명만 곳곳에서 터져 나오고 있었다. 아래층 객실에 갇혀있던 승객들이 물밀 듯이 밀려 나오면서 갑판 위에서 내려오는 사람들과 엉키고 부딪치는 모습은 지옥을 방불케 했다. 김원주 선생님은 엉키고 부딪치고 밀어내는 사람 속에 갇혀 있었다. 허리까지 차오르던 물이 금방 목을 졸랐다. 물속에서 붕어처럼 얼굴만 내밀고 허우적거리는 사람들 속에서 김원주 선생은 점점 의식을 잃어갔다. 눈을 감아버리면 몸은 그대로 물속에 잠기고 죽어버릴 것 같았다. 그때였다. 누군가가 김원주 선생을 부축하면서 불러댔다.

"선생님! 김원주 선생님!"

앳된 목소리였다. 겁에 질린 듯한 여학생의 목소리였다. 그 앳된 목소리가 간절하게 김원희 선생님을 불러댔다. 김원희 선생은 그 앳된 목소리를 향해 고개를 돌렸다. 엉키고 밀리는 사람들 사이에서 하얀 팔이 다가왔다. 그 하얀 피부의 팔은 가냘파 보였지만 힘이 느껴졌다.

"선생님! 제 손을 꼭 잡으세요. 그리고 한 손으로는 사람들을 밀어내면서 이쪽으로 걸어 나오세요. 제가 선생님 손을 잡고 끌어당길 테니까…. 선생님은 사람들 사이에서 빠져나오세요."

그 앳된 목소리는 참 간절도 했다. 김원주 선생님은 고개를 끄떡거렸고 앳된 목소리의 주인을 찾아가듯 그쪽으로 물을 밀어냈다. 아니… 몸을 둥둥 띄워 헤엄치듯 다가갔다. 그리고 앳된 목소리의 주인을 보았다. 물에 젖었지만 참 예쁜 여학생, 동양미인 옥소였다.

"옥소야!"

"선생님! 김원주 선생님!"

"옥소야! 니가 선생님을 살렸구나…. 나를… 살려냈어."

김원주 선생님의 감격스러운 인사였다. 김원주 선생님은 자신이 학생들을 구하기 위해 힘들고 애썼던 일은 까맣게 잊어버리고 옥소가 선생님을 살렸다는 감격스러움에 어린애처럼 훌쩍훌쩍 울었다. 그렇게 목숨을 구한 김원주 선생님은 그 순간에도 아이들의 목숨을 염려하면서 외쳤다.

"문밀고등학교 학생들… 학생들 가지고 있는 모든 소지품은 버려! 미련 갖지 말고 과감하게 버려야 해! 목숨보다 더 소중한 소지품은 없다! 모두 버리고 목숨만 지켜! 구조선이 올 때까지 죽을 힘으로 목숨을 지켜라! 알았지?"

아이들을 살리기 위한 말이었다. 저쪽에서는 교감 선생님이 온몸을 던지듯이 헌신하며 사람들을 구해내느라 애를 썼다. 물이 들어오지 않은 공간으로 발을 옮겨가면서 팔을 뻗었고 손을 내밀며 구하고 있었다. 팔과 손으로도 여의치 않으면 선체 바닥에 배를 깔고 엎드려서 손을 내미는 교감선생의 모습은 숭고해 보이기까지 했다. 김원주 선생님은 옥소를 밀어내면서 말했다.

"옥소야! 넌… 나를 살려준 것만으로도 충분해! …선생님은 교감선생님을 도와야 해! 그동안 옥소 너는 안전한 곳을 찾아 가 있어라! 문밀동 또래 친구들도 만나게 될지 모르니까…. 잘… 살피면서…."

"아니에요! 선생님! 저도 선생님과 함께 교감선생님을 도울 겁니다… 우리… 문밀고등학교 학생도 구할 수 있을 테니까요."

옥소는 물이 차올라서 숨을 몰아쉬면서도 김원주 선생님을 부축하면서 따라붙었다. 교감선생님은 더 이상 물러설 수 없는 곳까지 와 있었다. 이미 다른 사람을 구한 힘은 없어 보였다. 남을 도우는 일이 능력 밖의 일인 것 같았다. 그런데도 물살에 잠겨 몸이 기우뚱거려지면 벽을 짚고 서서 한쪽 팔을 뻗어 손을 내밀곤 했다. 정년퇴직을 앞둔 60세를 넘긴 교감선생님은 사명감을 잊지 않으신 듯했다. 목숨을 아끼지 않고 아이들을 살려내려는 교감선생님의 투지는 대단했다. 교감선생님이 걱정되어 교감선생님을 부르는 김원주 선생은 안타깝기만 했지만 교감선생님은 우선 무사한 모습의 김원주 선생님을 보면서 잠시라도 안도의 숨을 쉬었다.

"교감선생님!"

"김원주 선생님! 무사하셨군요… 다행입니다… 참… 다행입니다."

"교감선생님 좀 쉬십시오… 저희가 하겠습니다!"

"예! 상황이 아주 긴박합니다. 아이들이 희생되지 않도록 잘 지켜 주십시오."

교감선생은 김원주 선생의 등을 다독거리며 돌아섰다. 김원주 선생님의 등을 두드려 주면서 돌아선 교감선생은 선체가 기울어진 선체 바닥을 벌레처럼 엎드려서 기어가고 있었다. 뱀대가리처럼 처 올려진 뱃머리를 향해 사생결단으로 오르고 있는 교감선생님!

"선생님! 교감선생님!"

김원주 선생님이 소리쳤다. 옥소도 교감선생님을 불렀다. 그러나 교감선생은 아무 소리도 들리지 않는 듯 뱃머리를 향해서 오르고 있을 뿐이었다. 교감선생님을 부르는 김원주 선생님! 앳된 목소리로 교감선생님을 부르는 옥소. 그들의 부름은 애절했다. 교감선생은 그들을 향해 손을 흔들어 보이고는 다시 뱃머리를 향하고 있었다. 교감선생님은 왜 그렇게 어렵게 뱃머리를 향해 가고 있었을까? 그때까지 교감선생님의 예상치 못한 행동을 아무도 이해하지 못했다. 그때였다. 교감선생은 비탈진 뱃머리를 향해 몸을 일으키며 곡예하듯 비틀거렸다. 그러고는 허리에서 흰 수건을 꺼내 들고는 팔을 활짝 쳐들었다. 하얀 수건을 흔들어 대는 교감선생님을 보고서야 선체에 있던 사람들은 그제야 교감선생님의 행동을 이해하였다. 교감선생생님은 흰 수건으로 구조 요청을 한 것이다. 한 발자국이라도 더 높은 곳에 서기 위해 위험을 무릅쓰고 기울어진 배의 가장 높은 곳으로 올라갔던 것이다.

"여기 첨성호에는 문밀고등학교 학생 백오십 명이 승선하고 있습니다. 우리 아이들을 구해주십시오. 우리 아이들을 구해주십시오!"

교감선생의 목소리에서는 애끓는 마음이 담겨 있었다. 학생들을 살려내려는 교감선생의 마지막 선택이었다. 몸통은 바닷속에 있고 하늘 높이 치켜 들고 있는 첨성호 뱃머리 바닥에 서서 교감선생은 그렇게 외쳤다. 첨성호가 바다 가운데에서 침몰했다는 사실을 아무도 모르고 있을까 봐 마지막 선택을 그렇게 위험을 무릅쓰고 선택하신 교감선생님이다. 피를 토하는 듯한 교감선생의 목청은 사람들의 가슴을 저리게 했다. 목숨의 위험에 처해있는 상황에서도 아이들을 구해내려는 교감선생의 그 외침에 감동했던 사람들은 여기저기서 울음을 토해냈다. 그리고 교감선생님의 용기에 박수를 보냈다. 그러나 교감선생님에게 감동한 순간은 짧았다. 산더미 같은 물살이 뱃머리를 치고 넘어오면서 교감선생의 몸을 덮쳤다. 물살에 덮쳐진 교감선생님의 몸은 물에 젖은 낙엽처럼 휘날리면 깊은 물속으로 사라지고 있었다. 한순간의 일이었다.

4

하느님 맙소사

비스듬히 기울어진 첨성호 밑바닥은 지옥이었다. 갑판 위도 지옥을 방불케 했다. 넘치는 물이 사람들을 삼키려 들었다. 밀려오는 물살이 사람들을 덮쳤고 물살에 떠내려가는 사람들의 비명이 자지러진다.

여기저기서 살려 달라는 외침이 고막을 찢을 듯 날카롭다. 어떤 이는 갑판 위 난간을 붙들고 서서 미친 듯이 외치기도 했다.

"차라리 바닷속으로 뛰어드는 게 낫겠다!"

"숨이 붙어 있을 때까지 헤엄이라도 칠 수 있지 않을까?"

"차라리 그렇게 죽는 게 나을지도 모르겠다!"

물살에 밀려 아무렇게나 뒹굴어지는 고통을 이기지 못해 그렇게 외치면서도 막상 바닷속으로 뛰어들지 못하는 사람. 사람은 이 엄청난 재해 앞에서 아무 힘도 쓸 수 없는 무기력한 존재에 불과했다.

모두가 하나같이 죽음에 직면하고 있다는 것을 느끼고 있었을 뿐이었다. 모두 자신들의 죽음을 예감했고, 그래서 그 공포감은 살을 조이는 듯했다. 무섭고 불안했다.

그러나 그것 또한 의식이 있을 때의 생각이었다. 자신이 죽음에 직면하고 있다는 사실 앞에 첨성호 선체 안에서는 미치지 않은 사람이 없었다. 물 위에서 사람들이 둥둥 떠내려가고 있었다. 눈을 허옇게 까 뒤집고 나무토막처럼 떠 있는 시신들. 그리고 죽은 사람이 떠 있는 그 속에서 팔다리를 허우적거리며 살려 달라고 외치는 사람들… 그러나 산 사람을 구해 줄 사람은 이미 많지 않았다. 모두 자신의 목숨을 부지하기 위해 뿔뿔이 흩어졌고… 고양이처럼 물을 피해 몸을 숨기기 바빴다. 문밀고등학교 학생들은 서로 손을 잡고 김원주 선생님의 주변으로 몰려들었다. 아이들은 교감선생의 외침을 들었고 바닷속으로 곤두박질 치던 교감선생님을 보았다. 교감 선생님의 죽음은 비극이었지만 그 의미는 장렬했다. 학생들을 살리기 위한 교감선생님의 죽음을 목격했던 사람들은 숙연해졌다. 문밀고등학교 학생들도 몰려들었고, 문밀동 아이들도 하나, 둘 뭉쳐졌다. 진수도 있었고 모국도 있었다. 수색대 현묵이는 핼쑥해진 얼굴로 훌쩍훌쩍 울었고 남수는 척척거리던 버릇을 고친 것처럼 말이 없고 얌전해져 있었다. 은철이는 겁에 질린 표정으로 눈만 멀뚱거렸다. 눈에는 장난기마저 사라져있었다. 진수는 수습할 수 없는 상황을 걱정하느라 넋 나간 표정이다. 다만 쌍둥이 동생 진애와 옥소가 무사하다는 것을 확인하고 길게 안도의 숨을 쉬었지만 아무 말도 하지 않았다. 여학생들도 다 모인 것 같았고 모두 무사한 걸 확인했지만, 누구도 입을 열지 않았다. 침묵이 대답이었다. 그들의 눈앞에서 장렬하게 돌아가신 교감선생님의 모습이 믿어지지 않았고 아직도 얼이 빠진 듯 서 있는 아이들은 물살이 거칠게 밀려오는 것을 의식하지 못하고 있는 것 같았다. 혼이 빠진 듯한 모습으로 교감선생님의 명복을 빌었고 다가오는 위험 앞에서도 목숨을 지키겠다고 허둥대지도 않았다. 아이들은 너무도 침착했고, 그런 행동에서 모든 상황을 파악하고 있다는 것을 알 수 있었다. 그들에게 죽음이 다가오고 있다는 것을 감지하면서도 허둥대지 않았다. 어쩌면 문밀고등학교 학생들을 살리기 위해 단호하게 결정을 내리고 뱃머리로 향했던 교감선생님의 뜻을 새기고자 하는 듯했다. 울먹거리던 아이들 속에서 누군가 말했다.

"선생님… 우리 교가라도 부를까요. 교감선생님 가시는 길 적적하지 않게 말입니다!"

그 말을 한 건 뜻밖에도 순구였다. 문밀동 아이들 속에 섞여 있었던 순구가 교감선생님을 위한 교가 제청을 제의한 것이다. 김원주 선생님이 고개를 끄떡거려 보이는 순간 문밀동 고등학교 교가는 학생들의 입에서 입으로 터져나왔다.

남해의 정기를 받아 태어난 우리들
내일의 해는 또 뜬다.
문밀
문밀
문밀고등학교

남해의 기상을 높이려 우리가 간다.

내일의 해는 우리들의 것

문밀

문밀

문밀고등학교….

남해의 기상을 높이려 우리가 간다.

내일의 해는 우리들 것

문밀

문밀

문밀고등학교…

눈물로 범벅이 되어 흘러나온 교가였지만 귀에 익었던 정다운 교가를 들으시면서 적적하지 않게 떠나실 교감선생을 학생들은 한 맘으로 보내드렸다. 진수는 손을 뻗어 순구의 손을 잡아주었다. 그리고 조그맣게 웃어주었다.

"순구야! 교가를 부르자고 했던 건 참 잘 생각한 거야? 어떻게 그런 생각을 했어."

"교감선생님에게 드릴 게 없었으니까… 교감선생님은 우리를 위해 목숨도 던지셨는데 우리는 드릴 게 없었으니까."

순구의 말을 들으면서 진수는 고개를 끄떡거렸다. 순구는 외모만 보아서는 불량배 같았지만, 마음은 참 따뜻한 아이라는 생각이 들었다. 순구가 어색하게 웃었다.

"지금 날 칭찬하는 거냐."

"그래! 임마… 칭찬했다."

진수도 순구의 옆구리를 쿡 찔러대며 웃었다. 그리고 두 남학생은 얼굴을 마주하고는 작은 미소를 주고 받았다. 아이들이 아니라면 절대 있을 수 없는 여유로움이었다. 장렬한 모습으로 돌아가신 교감선생을 그렇게 보내고 아이들은 하나, 둘 다시 뭉쳐졌다. 특히 문밀동 아이들은 순구와 진수가 앉아있는 주변으로 몰려 돌면서 이십오 명 모두 한자리에 앉게 되었다. 안전하게 숨 쉴 수 있는 것을 기적으로 여기며 감사해하고 고마워하는 아이들이야말로 순수하고 순진했다. 목숨이 위협을 받는 위험 앞에서도 친구들과 함께만 있으면 좋은 아이들이었다. 교감선생님을 그렇게 보내고 물살이 눈앞에서 덮쳐오고 선체 어느 곳에서도 안전한 곳이 없었지만, 아이들은 서로의 얼굴을 볼 수 있고… 함께 뭉쳐있다는 사실만으로도 힘이 생기는 모양이었다. 순구와 진수의 주변으로 몰렸던 문밀동 아이들은 순구를 보고는 더 없이 반가워했다. 학교에서는 몰랐던 순구의 참모습을 발견한 듯한 아이들은 순구에게 한마디씩 농을 던지기도 했다.

"순구야! 어떻게 교가를 부를 생각을 했냐?"

키 큰 모국이가 칭찬하듯 말했고 현묵이도 한마디 거들었다.

"교감선생님을 적적하지 않게 보내 드리게 된 것 같아서 마음이 좋아!"

엄숙하고 경건한 분위기가 되어야 하겠지만, 아이들은 친구들과 어울려 서로의 마음을 털어놓고 허심탄회 하게 주고받는 이 순간을 즐기고 싶었는지 모른다. 선체는 이미 바다 밑으로 기울어졌고 뱃머리만 하늘을 향해 처들고 있는 이 선체 안에서 아이들은 죽음의 공포 따위도 잠깐 잊어버린 듯하였다. 더군다나 언제나 물에 기름 띄운 듯 문밀동 아이들에게 접근하지 못하고 주변에서만 빙빙 돌고만 있었던 순구까지 합세한 자리였다. 김원주 선생님까지 아이들 속에서 자리를 차지하고 앉아있었다. 아이들의 이야기를 듣고 함께 웃기도 하면서 밀려오는 죽음의 공포를 떨쳐내려는 것인지도 모른다. 김원주 선생님은 순구를 바라보며 빙긋이 웃었다.

"순구야! 이 순간에는 순구 니가 주인공이다. 교감선생님을 보내면서 상주 역할을 한 것 같고."

"아이! 선생님도….."

김원주 선생님의 칭찬이 쑥스러웠는지 머리를 긁적거리는 순구의 모습이 너무도 순진하였다. 교모를 비딱하게 쓰고 교복 앞가슴을 풀어헤친 채 거들먹거리며 걷던 순구의 모습은 어디에서도 보이지 않았다. 순구가 쑥스러워하면서 웃자 이번에는 옥소가 나섰다.

"선생님! 이래 봬도 순구는 무지하게 순진해요…. 제가… 담 너머로 보았지만, 순구는 저그 아버지랑 장난도 많이 치고요, 먹는 것도 엄청 먹고요, 웃기도 엄청 웃어요, 순구가 집안에서 하는 것을 보면 완전 애기에요!"

순구를 홍보하듯 광고하듯 엄청 자랑삼아 떠들어대는 옥소를 쳐다보면서 진수가 퉁명스럽게 한마디 했다.

"옥소야! 니는 집에 가면 옆집에 사는 순구만 관찰하냐?"

질투 섞인 한마디였다.

옥소는 진수의 그 질투 섞인 듯한 말투도 좋은 모양이다.

"와? 내가 순구 관찰한다고 질투가 나냐?"

"그래! 질투다!"

뚝뚝한 것 같으면서도 진심이 느껴지는 진수의 대답에 옥소는 다소곳해지면서 얌전한 말투로 입을 열었다.

"진수야! 나 때문에 질투 같은 것 하지 마라…. 나는 죽을 때까지 진수 너만 생각하고 사랑할 테니까…."

티격태격 싸울 법도 할 만한데 옥소의 진심 담긴 소리에 진수의 마음은 너그러워졌고, 옥소에 대한 믿음이 쑥쑥 커 버렸다. 옥소는 지혜롭고 현명한 여자임에 틀림없었다. 옥소와 진수가 주고받는 말을 들으면서 김원주 선생은 감탄했다. 도대체 요즘 아이들 같지가 않았다. 이제 열여덟 살에 불과한 아이들인데 여느 아이들과는 정말 다르다는 것을 느끼게 했다. 생각이 깊고 판단을 현명하게 한다고 여겼다. 옥소와 진수의 이야기 속에서도 느꼈지만 불량배같이 굴었던 순구의 이면에는 그들이 모르고 있었던 순수한 면이 있었다는 걸 발견하고는 놀랍기도 하고 친근감이 새록새록 느껴지기도 했다. 김원주 선생님은 고개를 갸우뚱거리며 말했다.

"정말, 문밀동 또래 너그들은 참 특별한 것 같구나…."

"예! 선생님! 문밀동에서 한 해에 다 태어난 우리는 특별하다고 문밀동 어르신께서 말씀하셨어요."

이번에도 옥소가 나섰다. 옥소는 진수에게서 사랑을 고백 받더니 많이 달라진 모습이다. 에너지가 철철 넘쳐나는 것 같았다.

"오십여 채가 살고 있는 작은 동네에서 한 해 스물다섯 명 아이들이 태어난 것도 특별하고… 찰떡처럼 뭉치는 모습도 특별하다고 하셨어요…. 어쩌면 우리 스물다섯 명은 천사로 살다가 문밀동에서 함께 태어난 건지도 모른다고… 그러시기도 했어요. 그래서 남보다 더 착하고 더 착하게 살아야 한다고 말씀하셨어요!"

"정말 특별하구나."

그때였다. 갑판 위에서 비명이 터지고 있었다. 산더미 같은 물살이 갑판을 향해 덮쳤다. 더 이상 발을 디딜 만한 곳도 없었다. 문밀동 아이들은 서로에게서 떨어지지 않으려고 엉겼다. 서로의 짝을 찾아 손을 잡기도 했다. 덮쳐오는 물살을 피하면서도 서로 잡은 손들을 놓지 않았다. 그러나 더 이상 갈 데는 없었다. 이미 선체 바닥은 물바다가 되어 출렁거렸고 선체 어디에서도 발 디딜 만한 마른 곳은 없었다. 그러나 문밀동 아이들은 서로의 손을 잡은 채 원을 그려가면서 빙빙 돌았다. 물살의 저항을 조금이나마 덜 받을 수 있는 방법이었다. 물살이 키를 넘기지 않는다면 이러한 상태로 견딜 수 있는 시간이 되었다. 물의 저항도 덜 받고 서로에게서 떨어지지 않아 위안이 되고 불안, 공포감도 함께 나눌 수 있는 상황이었다. 똑같은 위치에 서서 서로를 지켜볼 수 있다는 그 장점으로 버릴 수도 있었다. 그러나 물은 점점 더 차오르고 턱밑까지 차오르면서 출렁거렸다. 순간 순구는 무엇을 생각했는지 김원주 선생님을 향해 소리쳤다.

"선생님! 우리는 3등 객실 안으로 이동하입시다."

"3등 객실이라니? 거기에는 이미 물이 차 있을 텐데…"

"아닙니다… 물을 피할 수 있는 곳이 있습니다."

순구의 머릿속으로는 3등 객실의 천장이 번개처럼 스치고 있었던 것이다. 3등 객실 천장에는 천장 길이 대로 빔이 세로로 걸쳐져 있었다. 분명 벽과 벽에 고정 장치가 있을 것이고 빔을 걸쳐 놓은 만큼 고정된 장치라면 튼튼할 것이다. 천장을 가로 지르고 있는 빔, 3등 객실 천장에 그런 것이 있다고 투덜대었던 순구였다.

"선생님! 어서 가요!"

확신을 가진 순구는 김원주 선생님에게 재촉까지 했다. 김원주 선생은 아이들을 향해 지시했다.

"문밀고등학교 학생들… 친구들의 손을 꼬옥 잡고 선생님을 따라와! 그럴 수 있지!"

아이들은 물속에서 얼굴을 들이밀며 고개만 끄떡댔다. 목까지 차오르는 물속에서 아이들은 서로의 손을 잡고 한 걸음 한 걸음씩 발을 떼기 시작했다. 물은 앞뒤 분간 없이 차오르고 사람의 키를 넘겼고 어느 곳 한 곳에도 발을 디딜 만한 마른 곳은 없었다. 그런 상황에서 김원주 선생님은 순구의 말을 듣고 아이들을 3등 객실로 인솔했다. 3등 객실에 물이 차 있을 게 뻔한데도 순구의 말을 듣고 3등 객실로 향하고 있다는 건 누가 무슨 의견을 내어놓는다 해도 따라갈 수밖에 없었던 사람들 심리 때문인지도 모른다. 사실 그랬다. 김원주 선생님은 누군가의 지시를 간절히 바랐던 것이다. 이끌어 주는 사람이 필요했고 무엇이든 지시해주는 사람이 필요했던 것이다. 아이들의 생사를 책임지고 있는 상황이다. 이때만큼 인솔자의 지시와 상황판단이 필요한 순간도 없는 것 같았다. 뿔뿔이 헤어진 아이들을 불러 모을 상황도 아니었다. 더군다나 눈앞에서 교감선생님이 그렇게 떠난 상황에서 심리적으로 불안하고 무서웠던 김원주 선생님은 무엇이든 의견을 말해 준 순구가 고맙기까지 했다. 순구가 왜 3등 객실로 가자고 하는지 모르겠지만 거기까지만이라도 아이들을 인솔해야 한다는 의무감은 지키고 싶었던 것이다. 3등 객실은 생각대로 물이 차 있었다. 그리고 몇 사람이 허우적거리면서 3등 객실을 빠져나가기도 했다. 김원주 선생님은 암담해졌다. 3등 객실에 물이 차 있을 게 뻔한데 여기까지는 왜 왔을까 하는 뉘우침이 앞서는 순간이었다. 순구가 손으로 천정을 가리켰다.

"선생님… 저기 보십시오…. 객실 천장 말입니다."

순구는 의기양양하기까지 했다. 아이들이 천장을 향해 고개를 돌렸다. 김원주 선생님을 따라서 3등 객실까지 온 문밀동 아이들은 3등 객실 천장을 응시했고 그들도 보았다. 물은 객실 천장까지 차오르지 않았고 아직 천장 벽도 말라있었다. 순구는 3등 객실을 세심하게 살펴보았는지 벽에 붙어있는 책상 높이만한 상단도 가리켰다.

"선생님… 저 위에서 빔까지 오를 수 있으면 빔에 엉덩이를 걸치고 앉을 수 있을 겁니다…. 한참 동안은요!"

순구의 입에서 떨어진 한참 동안이라는 말에 문밀동 아이들은 잠시나마 안도의 숨을 쉬었다. 그때 김원주 선생님은 무엇을 생각하셨는지 갑자기 모국이를 부르셨다.

"모국아… 니가… 저 상단에 올라가라…. 그리고 아이들 한 사람 한 사람 목말을 태워 저 빔까지 올려라! 우리는 저 빔에 올라갈 수만 있으면 모두 산다. 모두 살 수 있어! 저 빔 위에서 조금만 버티고 있으면 구조선이 올 것이고 헬리콥터도 올 것이다. 자! 어서…

모국아… 누구든 목말을 태워!"

김원주 선생님의 말이 빨라졌다. 희망이 생긴 것이다 문밀동 아이들만이라도 뭉친 게 다행이었고 이들만이라도 인솔할 수 있어 기뻤다. 순구 말대로 아이들이 저 빔 위에 올라갈 수 있다면 한참은 버틸 수 있을 것이다. 어쩌면 구조선이 오고 헬리콥터가 올 때까지는…. 모국이는 우선 겁이 많은 순심이에게 목을 내밀었다. 턱까지 차오르는 물속에서 아이들은 그렇게 서로를 도와가면서 살길을 찾고 있었다. 생존의 의지였다. 어쩌다 보니 남학생 모두는 모국이가 되어있었다. 남학생 모두 모국이처럼 아이들에게 목을 내밀고 있던 것이다. 진수는 쌍둥이 동생 진애를, 그리고 옥소를 제 목마에 태워 빔까지 올라가도록 도왔다. 그리고 장난꾸러기 은철이도 목마에 태웠다. 은철이가 빔에 올라섰을 때는 모국이와 진수만 남았다. 모국이는 진수에게 목을 내밀었다.

"어서 타!"

"아니야! 모국이 너가 먼저 타!"

진수가 사양하자 모국이는 소리쳤다.

"난… 다리가 길어서 혼자라도 올라갈 수 있으니까… 어서 타!"

모국이가 소리치자 벌써 빔 위에서 자리를 잡고 앉은 순구가 큰 소리로 말했다.

"맞아! 모국이는 다리가 길어 혼자라도 올라올 수 있으니까… 진수… 너가… 먼저 타!"

진수는 모국이의 목에 올라탔다. 그리고 그들은 전기줄에 나란히 앉은 제비들마냥 빔에 걸쳐 앉았었다. 마지막에 모국이는 있는 힘을 다하여 다리를 벌려 올렸다. 아이들이 모국이를 잡아끌었고 모국이는 그 긴 다리로 안간힘을 다하여 빔을 향해 오르기 시작했다. 여러 명의 힘이 그렇게 하나로 뭉쳤다. 천장에 매달려 있는 빔을 안전지대로 이용하게 될 줄은 누가 알았겠는가. 문밀동 아이들은 각자의 생각과 주장을 따졌는 게 아니라 문밀동 아이들만이라도 뭉쳐 있자는 그 단결심으로 인하여 뭉쳐 서로의 안전을 위해서 지혜를 모았던 것이다. 모국이가 빔 위에 엉덩이를 걸치고 앉았을 때였다. 순구가 깜짝 놀란 목소리로 소리쳤다.

"선생님! 김원주 선생님!"

순구의 소리에 놀라 아래로 내려다본 순간 김원주 선생님은 벌써 목덜미까지 오른 물 밑에서 헉헉거리고 있었다. 순구는 선생님을 부르면서 누가 말릴 틈도 없이 빔에서 뛰어내렸고 물 밑에서 헉헉거리는 선생님을 향해 팔을 내밀었다.

"선생님!"

김원주 선생은 순구의 손을 잡았다. 그리고 간절한 눈빛으로 바라보는 순구의 눈을 보았다. 순진하고 순수해 보이는 순구의 눈빛은 김원주 선생님을 살리겠다는 강한 의지에 차 있었다. 외롭고 소외된 듯한 기분을 떨쳐내려고 불량배처럼 거들먹거리며 살았던 순구였지만 순구의 내면에는 열여덟 살 아이의 맑은 정신이 깃들어 있었던 것이다. 순수했고 사랑도 할 줄 알고 의리도 있었던 멋진 면을 가지고 있는 순구였던 것이다. 선생님을 그렇게 끌어올린 순구는 봉 끝에 서서 허리를 굽혔다.

"선생님 제 허리에 올라가십시오…. 아이들이 손을 뻗어 줄 것입니다. 아이들 손을 잡으시면 제가 선생님을 밀어 드리겠습니다!
자! 어서요!"

　순구는 간절했고 상황은 급했다. 김원주 선생님은 망설일 수가
없었다. 그녀가 저 빔 위에 올라가야만 순구도 올라올 수 있다는
그 생각뿐이었다. 순구는 허리를 굽히고 있었고 빔 위에서는 문밀
동 아이들이 소리쳤다.

　"선생님!"

　"선생님!"

　김원주 선생님은 순구의 허리를 조심스럽게 밟고 올라갔으면 선
생님이 허리에서 발을 떼는 순간… 천천히 몸을 일으켜 키를 세웠
다. 그리고 빔 위에서는 아이들이 손을 뻗었다. 역시 키가 큰 모국
이의 팔이 제일 길었던 모양이다. 김원주 선생님은 모국이의 손을
잡았다. 그리고 밑에서는 순구가 있는 힘을 다하여 선생님의 몸을
밀어 올렸다. 김원주 선생님은 아이들 한 명이라도 더 빔에 올리느
라 스스로는 뒤처졌던 것이다. 아이들은 모국이의 목마를 타고 빔
위로 오르느라 선생님에게 소홀했던 것이다. 아이들은 그게 너무
미안했던지 김원주 선생님을 끌어올릴 때 있는 힘을 다했다.

　"선생님! 미안해요! 선생님부터 오르셔야 했는데…"

　옥소가 미안한 표정을 짓자 김원주 선생님은 강하게 고개를 저
었다.

　"미안해하지 마! 이래 봬도 명색이 선생인데 제자의 목마를 탈
수는 없잖아! 제자의 허리는 밟을망정…"

　유머도 잃지 않으신 김원주 선생님! 김원주 선생님은 멋지고 활

발했다. 문밀동 아이들은 와르르 웃었다. 눈앞에는 사람 키를 넘기는 물살이 출렁거리고 있는데… 아이들은 웃었다. 죽음이 직면하고 있는 듯한 위험이 도사리고 있는데… 아이들은 선생님의 유머에 공감하면서 웃어댔다. 아이들이었으니까… 그럴 수 있었을 것이다. 마음에 악의가 없고 상처가 없었던 아이들이었으니까 그런 순간에도 활짝 웃을 수 있었던 것 같았다.

김원주 선생님이 아이들 사이에서 빔 위에 걸터앉았다. 3등 객실 천장에 매달려 있었던 빔은 아이들을 위한 세상에서 가장 튼튼한 동아줄이었는지 모른다. c형강이 아닌 빔을 객실 양쪽 벽을 뚫어 구멍을 내어 밀어 넣고 거기다가 고정못을 아주 튼튼하게 박아놓았기에 매우 튼튼했다. 도대체 그 빔의 용도가 무엇이었으며 3등 객실에만 설치되었는지 모르겠지만, 그 빔이 물에서 아이들을 구해내는 데 큰 역할을 했다는 것은 부정할 수가 없었다.

그런데 이게 무슨 일인가? 김원주 선생님을 올려 보내고 순구가 빔에 오르고 팔을 뻗었을 때였다. 빔 위에서도 모국이가 팔을 아래로 내려뜨렸다. 순구도 그렇게 작은 키는 아니었다. 상단 위에서 까치발을 하고 팔을 뻗친 순구의 손을 모국이가 잡으려는 순간이다.

3등 객실에 차있던 물속에서 물곰 같은 커다란 덩치가 물 밖으로 머리를 내밀고 나오는 것이 아닌가? 덩치가 엄청 큰 남자였다. 아니… 표효하는 짐승 같았다. 소리를 지르며 물속에서 몸을 드러낸 그 덩치 큰 남자! 그 남자는 첨성호가 출항하기 전날 밤 깡마른 남자에게 무언가를 지시를 받았고, 순구에게 죽여 버리겠다고 협박했던 그 덩치 큰 남자였다. 물속에서 짐승처럼 몸을 드러낸 그 덩치 큰 남자는 서두르지도 않았다. 목표물이 어디 있는지 정확하게 알고 있는 사냥꾼처럼 순구를 향해 달려 들었다.

빔 위에 채 오르지 못하고 손만 잡혀서 오르려 하고 있는 순구를 향해 돌진해 오던 그 덩치 큰 남자는 순구의 등에 사정없이 칼을 꽂았다. 이미 미리 준비해 있었던 칼이었던 게 틀림없었다. 빔 위에 있던 학생들은 비명도 제대로 지르지 못하고 몸을 떨고 있었다. 순구는 비명을 지르며 몸을 옆으로 비틀었다. 모국이가 잡고 있는 손의 힘은 떨어지고 덩치 큰 남자는 순구의 앞가슴을 향해서도 칼을 꽂았다. 순구의 앞가슴에서 분수처럼 피가 솟았다. 덩치 큰 남자는 순구의 가슴에서 분수처럼 솟아오르는 피 따위 아랑곳없이 순구의 가슴을 향해 무자비하게 칼질을 했다. 마치 살인을 하기 위해 태어난 사람처럼 잔인했다. 순구는 두어 마디 비명을 지르면서 3등 객실에 사람 키만큼 잠겨있는 물속으로 떨어졌다. 너무나 짧은 순간에 일어난 잔인한 사건이었다.

빔 위에서는 선생님도… 아이들도 몸이 경직된 듯 아무도 움직일 줄을 몰랐다. 아무도 손가락 하나 까딱하지 못했다. 그리고 덩치 큰 남자는 아무 일 없었다는 듯 3등 객실 안에서 헤엄을 치며 밖으로 나가고 있었다. 덩치 큰 남자가 3등 객실에서 빠져나간 순간 진수는 빔에서 뛰어내렸다. 진수는 헤엄치듯 순구를 향해 다가갔다… 그리고 순구를 끌어안았다. 순구는… 백지장이 된 얼굴로 진수를 바라보았다.

"진수야!"

"순구야! 정신 차려! 눈 감지 마!"

순구를 끌어안고 진수는 소리쳤다. 피범벅이 되었을 순구의 가슴을 손바닥으로 눌러주면 오열하는 진수! 진수는 미친 듯이 순구의 이름을 불러댔다.

"순구야! 순구야… 눈 감지 마! 살아야 해! 살아야 한다고…."

"진수야… 그놈이 무언가를 가지고 있었어! 굉장히 소중한 것처럼 몸에서 떼지 않고 지키고 있었는데… 그걸… 내가 본 거야! 내용물은… 하… 아…."

순구의 혀가 굳어지고 있었다. 순구는 눈꺼풀을 무겁게 내렸고 그대로 입을 열지 못했다. 백지장처럼 변한 얼굴로 순구는 그렇게 갔다. 침몰된 선체 안에서 죽음의 공포를 느껴야 했던 승객 가운데에 어떤 목적을 갖고 있는 사람이 타고 있었다는… 이… 끔찍한 사실을 누가 믿겠는가. 진수는 순구의 몸을 놓지 않았다. 백지장처럼 변해 버린 순구의 뺨으로 뜨거운 눈물을 쏟아부었다.

그러나 순구는 더 이상 움직이지 않았다. 더 이상 말도 하지 않았다. 진수를 정답게 부르지도 못했다. 진수는 물이 차오르는 3등 객실에서 순구를 끌어안은 채 허둥거렸다. 순구를 데리고 나가고 싶었는데 힘이 닿지 않았다. 순구를 데리고 나가서 그 덩치 큰 남자 앞에 내려놓고 순구를 살리라고 소리치고 싶은데 힘이 없었다. 순구를 끌어안은 팔에도 힘이 빠졌다. 진수는 물 위에 순구를 띄웠다. 백지장처럼 하얀 얼굴로 눈도 감고 귀도 닫아버린 순구를 물 위에 띄우면서 진수는 큰소리로 순구의 이름을 불러주었다.

"순구야! 잘 가라… 잘 가라! 순구야!"

그런데 참 이상한 일이었다. 죽음도 모면해 줄 것 같은 그 튼튼한 빔에서 아이들은 모두 뛰어 내려왔다. 김원주 선생님도 아이들 속에 서서 오열했고 아이들은 어이없이 죽어간 순구를 보내기 위해 물속으로 뛰어내렸다. 어떻게 그런 마음이 가능했을까? 사람에겐 자신도 믿을 수 없는 마음이 어느 한구석에 도사리고 있는 모양이었다. 살겠다고 올라 섰던 빔 위에서 그대로 앉아 있어야 하는 게 당연하지 않았을까?

그러나 문밀동 아이들은 너무나 어이없이 죽어간 순구를 그대로 보낼 수 없었던 것이다. 3등 객실 빔 위에서라면 구조선이 올 때까지 버틸 수도 있었고 구조선을 기다리며 기다릴 때도 그렇게 어렵지 않았을 텐데… 아이들은… 문밀동 아이들은 자신들의 안전에 안주하지 않았다. 눈앞에서 칼침을 맞고 죽어 간 순구를 보내기 위해 빔 위에서 뛰어내린 것이다. 자신들의 목숨에만 집착하지 않았다. 어쩌면 문밀동 아이들이었기에 가능했는지도 모를 일이었다. 온몸의 피를 바다에 쏟아붓고 백지장처럼 하얀 얼굴로 숨진 순구를 보면서 아이들은 외치고 있었다.

"하느님! 맙소사."

"하느님! 맙소사."

신이 있다면 이런 끔찍한 순간을 보여주는 이유가 무엇일지 가늠할 수가 없었다. 합창하듯 아이들은 깊은 한숨으로 소리치고 있었다. 피를 토하는 듯한 소리고 외치고 있었다. 순구의 이름을…

5

땅 위에서는

첨성호 사고는 잔인했다. 인간으로서는 상상할 수 없을 정도의 잔인한 사고였다. 그런데도 땅 위에서는, 땅 위에 있는 사람들은 느긋하기만 했다. 정부 차원에서도, 해양청 각 부서에서도, 선박 회사에서도 조용하다 할 만큼 침묵하고 있었다.

사고 소식이 언론에 보도되고 각 매체에서도 속보로 보도되고 있는데도 급하게 대처하는 기관이 없었다. 첨성호가 침몰되는 그 순간에 선박 회사에서는 누구 한 사람 나타나는 사람이 없었고. 침몰해가는 첨성호의 상황조차 승객들에게 알리지 않았던 것처럼 땅 위에서도 답답할 만큼의 침묵만 흐르고 있었다.

학생들을 태운 첨성호가 남해항 앞바다에서 침몰했다는 속보가 나왔다. 그러나 학생들 전원이 구조되었다는 보도가 흘러나왔다. 방송에서는 첨성호 침몰 사건이 상세히 전해졌고… 땅 위에서는 첨성호 침몰 사건을 반복하여 보도하였다. 보도를 접하고 있는 사람들은 혼란스러웠고 특히 학부모들은 몇 번이나 반복되는 보도가 믿기질 않아 더 불안해했다. 아이들을 태운 배가 사고가 났다는데 학부모들은 어디에서고 정확한 보도를 들을 수가 없었던 것이다.

남해항 항구에는 담당 부서나 관계인이나 관리인들이 모여들었고, 언론 기자들이 카메라를 들이대며 몰려들었지만 진작 보내야할 구조선은 보내지 않았다. 구조선을 보내야 할 절차를 따지고 어느 부서에서 해결하느냐를 따지면서 시간만 낭비하는 모습들이었다.

상황을 좀 더 지켜보자는 의견이 나오는가 하면 일단 구조선부터 보내자는 의견들이 나오면서 일치가 되지 않은 것도 문제였다. 학부모들은 갈팡질팡했고 관계자들은 느긋한 분위기였다.

취재진조차 상황 보고를 확실히 듣지 못했는지 카메라만 비추어대며 뛰어다녔다. 취재진이 맹렬하게 활약하는데도 정확한 보도를 하지 못하는 모양이었다.

사고가 있을 때에는 무엇보다도 신속한 보도가 최우선이었고, 보고에 따라 상황판단을 해야 하는데도 모두 상황판단이 되지 않고 있는 듯 보였다. 그런데 이상하게 땅 위에서는 속보로 전해지는 사고 사실이 정확하게 전달되지 않은 듯했고 또 첨성호 사고의 심각성을 믿으려고 하지 않는 사람이 많은 것 같았다. 첨성호 선체가 기울어 가고 있는데 이를 심각한 시선으로 보지 않는 데에 더 큰 문제가 있는지도 모르겠다.

어쩌면 사람들은 누구나 할 것 없이 '설마'라는 단어를 떠 올리고 있었는지도 모를 일이다. 배가 전복되었다! 첨성호라는 여객선이 침몰되었다. 그 정도의 관심이었던 것 같았다. 첨성호라는 커다란 여객선의 침몰이 믿어지지 않는 듯 반신반의했던 땅 위 사람들.

그리고 무엇보다 첨성호라는 여객선이 한쪽으로 조금 기울었다 해서 그만한 선박회사, 그만한 배에서 사고의 대처가 전혀 없지는 않겠지 하는 나름대로의 판단만 하고 있는 것 같았다.

아니, 정확하게 말해서 땅 위 사람들은 첨성호 침몰을 가볍게 생각했고 선체 안에 있는 학생들이나 승객들은 당연히 구출될 것으로 믿고 있는 것 같았다.

그만한 대처도 없이 그 큰 선체가 운항을 했을까. 수많은 승객들과 수학 여행 학생들을 안전하게 지켜 줄 장비 하나 없이 배를 출항시키지는 않았을 거라는 첨성호 선체에 대한 믿음이 더 컸는지도 모를 일이었다.

땅 위 사람들 생각이 거기에 머물면서 구출작업은 더 늦어지고 있었던 것은 아니었을까? 차가운 바다 한가운데에서는 열여덟 살의 학생들이 죽음에 직면하고 있는데도 땅 위의 사람들은 그 심각성을 모르고 있다는 게 문제였다. 얼음장 같은 물속에서 오직 구조선만 오기를 기다리는 첨성호 사고현장의 심각성을 땅 위 사람들은 아직도 모른단 말인가. 사고가 날 때마다 날아오르던 그 흔한 헬리콥터 한 대도 뜨지 않았다.

정부에서는 해당하는 부처에 긴급한 상황을 말했을 테고 각 기관에 구출 방안을 제시하게 했을 텐데… 그런데도 관련 기관인 해양청에서도 움직임이 없었다.

얼마 후였을까? 긴급하게 상황이 보도되면서 구조선이 현지로 출발했고 각 기관에 위험 상황이 보도되었다. 골든 타임을 놓친 시간이었다.

첨성호의 선체가 기울고 선체 바닥에 물이 들어오는 시간을 재고 있었다 해도 꽤 시간이 흘렀다. 선체 바닥 어디에서도 발 디뎌 놓을 곳이 없다고 할만치 선체가 송두리째 위험에 처했는데 그제야 사태의 심각성이 전해진 듯 땅 위 사람들 심장이 조금씩 바빠진 모양이었다.

그러나 골든 타임은 너무나 빨리 흘러가 버렸다. 위험 수위를 넘어버린 시간을 한탄하면서 발을 굴러댔다.

오전 여덟 시에 배가 기울기 시작했다. 배가 90도 넘게 기울어지고 언제 가라앉을지 모르는 상황인데 구조선 한 대 보내지 않았다니? 이런 황당한 일을 선체 안 승객들은 알고나 있을까? 그 순진한 학생들은 믿으려고 할까? 그러나 분명한 건 많은 시간이 흘렀음에도 승객과 학생들을 구하기 위한 구조 대원들은 나타나지 않았다는 것이다.

상황을 주시하겠다면 우르르 몰려온 정치인들이야 무기력한 국민과 다를 바 없었다. 그들이 무엇을 할 수 있는 건가? 무엇을 할 수 있었을까?

기껏해야 체면 세우기 위한 지시였고, 사고를 안타까워하는 마음과 표정이 전부였다. 학생들이나 승객들 모두가 구조될 것이라는 허울 좋은 위로들만 늘어놓았다.

밤이 되어서야 학부모들이 선창으로 몰려들었다. 첨성호가 침몰 당하였다는 보도 앞에서도 느긋했던 사람들이 위험의 강도를 느끼는 것 같았다. 첨성호 배가 침몰되었다 해도 눈 하나 깜박하지 않왔던 담당 부서 사람들처럼, 심지어는 학부모들도 느긋하게 학생들이 안전하게 구출되기만을 기다렸던 것이다. 그러나 모두 무사하다는 보도는 오보였다는 사실이 드러나면서 학부모들의 안타까움은 살을 깎아내는 듯한 고통으로 변하고 있었다. 귓속으로 들려오는 한 마디 한 마디가 불길했다. 첨성호 선체가 바다 가운데에 처박혔다는 소식이 강하게 어필되면서 불길한 예감을 느끼기 시작했다. TV 뉴스에서는 뱃머리만 물 위에 떠 있는 첨성호의 선체가 끔찍스럽게 확대되었다.

저렇게 물에 잠긴 선체 안에 아이들이 갇혀있다니? 물 밑에서 아이들이 허우적거리고 있으리라고 상상한 학부모들은 TV 화면 속으로 끌려가듯 다가갔다가 쓰러지며 아이들 이름을 불러댔고 그러다가 선창으로 우루루 몰려갔다. 어둠도 불사하고 선창으로 달려가는 학부모님들의 마음은 이미 걸레 조각처럼 찢겨있었다. 수학여행을 간다고 떠났던 아이들이 물속에 잠긴 선체에 갇혀있다니? 이게 말이 되는 소린가? 이게 있을 수 있는 일인가? 귀를 열어놓고 입을 벌린 채 말 한마디도 못했다. 그리고 온몸이 경직되어가는 학부모들의 심정을 누가 알까 싶었다. 살을 깎는 듯한 아픔은 또 어떠했을까?

바다 한가운데에 처박혀있는 여객선 첨성호에 학생들이 갇혔고 승객들이 갇힌 채 방치되어있다는 보도가 신문 일 면마다 대문짝만하게 실렸다.

사람들이 웅성거리기 시작했다. 학부모들뿐만 아니라 여기저기서 웅성대는 사람들의 말에는 원망 섞인 채찍질이 있었다.

정부에서는 뭘 하느냐, 해양청에서 무엇을 하고 있었기에 선체 침몰에 그렇게도 늦장 대처를 했느냐는 빗발치는 듯한 질책이었다. 분노가 섞인 원망들이었다. 자식들을 가진 사람들은 누구나 할 것 없이 이번 참사의 늦장 대처에 분노하고 있었다. 구조선이 도착했지만, 조류가 너무 심해 접근할 수 없다는 말만 들려왔다. 구조원들의 안전이 우려된다는 이유에서였다. 침몰한 선체 안은 이미 물바다이고 사람의 발 하나 내디딜 수 있는 곳조차 없어진 첨성호 안에, 거기에 열여덟 살의 내 아들 내 딸이 갇혀있다니? 학부모들은 오금을 펼 수가 없었다.

땅 위에서는 물에 잠겨있을 자식들 생각에 발을 뻗고 잘 수 없고 목구멍으로 밥알을 넘길 수 없는 학부모들은 남해항 선창을 향해 미친 듯이 달려갔다. 그러고는 밀려오는 파도와 망막한 바다를 지켜보면서 살을 에는 듯한 오열에 떨어야 했다.

언제나 풍요롭게만 여겨졌던 바다가 아이들 생명을 움켜쥐고 세상 사람들과 힘겨루기를 하자고 덤벼드는 듯했다. 바다를 생존의 터전으로 여겼던 평화로운 사람들에게 이빨을 드러내며 분노하는 것 같기도 했다. 사람들의 욕심 때문에 바다가 분노한 건 아닌가 싶어 새삼스럽게 바다에 미안했고 피해의식마저 들었다. 늘상 사람들에게 베풀기만 했던 저 바다에 사람들은 무엇을 해 주었을까? 해주는 것 없이 기름띠로 오염만 시켰고 갖가지 오물을 버리기만 했다. 그것이 바다를 노하게 한 것이라면 바다에 죄를 짓지 않은 사람이 없을 것이다. 사람들은 새삼스럽게 그런 죄의식을 느끼며 숙연해졌다. 학부모들의 마음은 더 그러했다. 침몰된 선체 안에 아이들이 갇혀 있다는 것을 생각하니 모든 게 자신들의 잘못 때문에 일어난 일인 것 같았다. 그러나 학부모들 역시 할 수 있는 거라고는 아무것도 없었다.

선창에 모여 바다를 향해 목을 빼고 서서 자식들 이름을 불러 보는 게 고작이었다. 자식들의 이름만 애타게 부르다가 동이 트고 날이 밝으면 담당 부처나 선박회사를 찾아다니며 구조선을 보내 달라 애걸하였다.

이렇게 학부모들은 피를 말리는 시간을 보내야 했고 어디에서든지 좋으니 아이들을 살릴 수 있을 구조선을 보내주기만을 바랐다. 도시 학부모들은 그렇게라도 했지만 오지 문밀동 사람들은 밤마다 선창으로 갈 수도 없었고 누구를 향해 빌고 매달릴 힘도 없었다. 오직 천지신명께 의존할 수밖에 없었다. 하늘에서 내려줄 기적이 있기를 바랐다.

문밀동 학부모들은 같은 마음으로 몰려다녔다. 방앗간 은철이네 집에서 모이기도 했고 야채장사 남수 아버지를 만나기도 했다. 인력회사에서 청해야만 일을 하러 나가는 모국이 아버지 집에서도 만났다. 도시로 나갔다가 돌아오는 사람들에게서 특별한 소식을 듣지 않을까 싶어서였고 아이들이 어떻게 하고 있을지 궁금해 하며 이야기를 주고받을 수 있었기 때문이었다.

은철이 아버지는 도시에서 주고받는 사람들 이야기며 흘려 듣는 보도에 눈이 뜨이고 귀가 열리는 듯했다. 그렇게 알게 된 정보를 문밀동 학생 학부모들에게 알리곤 했다.

은철이 아버지는 아무래도 아이들 안전이 심상치 않다는 걸 느긴 모양이다. 학부모들을 방앗간 자신의 집으로 불러들였다. 학부모들을 향해 분통을 터트리고 있는 은철이 아버지의 눈이 빨갛게 충혈되어 갔다.

"우리가 이러고 있을 수는 없습니다! 들리는 소리에 의하면 첨성호 선체는 바닥이나 선실이나 난간에까지 물이 찼답니다. 아이들이 목숨을 부지하고 있다 해도 물밑에서 얼마나 버티겠습니까? 우리라도 떠납시다! 아이들을 구할 배 한 척을 구해서 현장까지 가보도록 합시다!"

은철이 아버지는 분통을 터트리며 격앙된 목소리로 외쳤다.

"그렇게라도 해야지요!"

"할 수만 있다면 그렇게 합시다!"

문밀동 학부모들이야말로 큰 배움도 없는 사람들이다. 숫자를 몰라서 전화도 못 하는 사람들도 있었다. 특별한 사람과 연고도 없는 사람들이다. 하늘에서 벼락이 떨어지면 벼락이 떨어지는 대로 대책 없이 맞을 사람들이었고 글자를 몰라 죽인다고 해도 도장을 찍어 줄 위인들이었다.

그런 사람들이었지만 은철이 아버지의 말에 솔깃해졌다. 은철이 아버지라면 배 한 척 정도 구할 능력이 있고 은철이 아버지쯤이면 누구한테 가서든지 할 말을 다 할 사람이다 싶었다. 자식들을 살리러 가자는 데 동의하지 않을 학부모는 없었다. 그러나 모국이 아버지와 현묵이 아버지는 두 분 모두 고개를 절레절레 흔들었다.

"은철이 아버지! 막무가내로 그렇게 해서는 안 될 것 같습니다. 정부에서나 해양청에서 구조선을 띄우지 못할 상황이 있지 않습니까? 그들의 말대로 날씨, 기후가 문제지요. 개인적으로 구조선을 타고 현장을 향해 간다고 해도 첨성호 선체까지 갈 수도 없을 거고 또 접근하도록 허락하지도 않을 겁니다!"

현묵이 아버지 말이었다. 그 말은 일리가 있었다. 토를 달 만한 이유가 없었다. 개인이 장만한 구조선을 타고 첨성호에 접근한다는 건 어림도 없는 일이었다. 이미 첨성호는 국가 차원에서 처리해야 할 큰 사고로 분류되어 있었다.

"그라모 우찌 하면 좋습니까?"

쌍둥이 아이 둘을 수학 여행에 보냈던 진수, 진애 어머니가 발을 동동거리며 말했다.

아이들을 구할 수 있었으며 진작에 구조선이 출발했을 것이며 헬리콥터도 떴을 것이다. 그런데 배가 침몰했다는 비보를 들은 지 꼬박 하루가 지났다. 배가 물속에 잠겼고 아이들이 물속에서 허우적거렸을 시간이 하루를 지나고 있었다.

아이들이 무사하다고 믿을 수 없는 상황이 그려지고 끔찍스런 상상들이 학부모들의 머릿속을 어지럽히고 있었다. 은철이 아버지는 자리를 박차고 일어나면서 부르르 떨었다.

"별수 없습니다. 학교로 갑시다!"

울분을 참지 못해 눈물을 쏟아내는 은철이 아버지였다. 자식들이 물속에 잠겨있다는 사실만으로 눈에 보일 게 없는 학부모들이다. 은철이 아버지가 쏟아내는 그 울분이야말로 학부모 모두의 심정이었다.

초조하고 불안한 마음으로 자식들이 구출되기를 기다렸던 학부모들은 더 이상 참을 수 없었다. 더 이상 기다릴 수도 없었다. 정부며 해양청의 각 부처며 선박회사며 하나같이 믿을 수가 없었다. 기대하고 더 기다릴 수 없었던 문밀동 학부모들은 학교를 향해 분주하게 걸었다.

"학생들을 지켜야 할 책임은 교장선생에게 있습니다!"

"수학 여행이란 게 뭡니까?"

"학교와 교장선생을 믿고 보내는 것 아닙니까?"

"이런 지경에 이르렀는데…. 교장선생님이 책임을 져야지요!"

"정부며 해양청이며 선박회사를 뛰어다녀야 할 교장선생님이 아닙니까? 발에서 피가 나도록 뛰어다녀서 문제 해결을 해 줄 사람은 교장입니다!"

"교장을 족치드래도… 여러 부처에서 구조선을 보내야지요! 헬리콥터를 보내야지요!"

성난 노도처럼 일어서는 문밀동 학부모들.

문밀동 학부모들은 남수 아버지의 화물차에 올라탔다. 학교를 향해서였다. 교장선생을 만나기 위해서였다. 오지 시골 농사꾼들이 아무리 애쓰고 애절하게 울어대도 누구 한 사람 귀 한번 기울여 주지 않는데 더는 마냥 기다릴 수는 없었다. 책임자로서 교장이라면… 교장선생님이 발 벗고 나서 준다면… 어디에선가 귀 기울여 들어줄 것 같았다.

정부며, 해양청, 선박회사들 모두 귀머거리처럼 침묵만 하고 있는데 교장선생님만이라도 그들의 귀를 뚫어야 했다. 귀가 뚫리고 귀가 열려야 첨성호 사고의 심각성을 알 것 아닌가 말이다.

아이들이 물에 잠겨있는데, 아이들이 물에서 허우적거리고 있을 텐데, 구조대가 오고 구조선이 오도록, 빌고 또 빌고 있을 텐데 관계자들이 이렇게 손 놓고 있을 수는 없지 않은가 말이다.

"우리가 너무 기다리기만 했어요! 설마! 설마! 하면서 기다리고만 있었어요. 그랬던 우리에게 더 분통이 터집니다!"

흔들거리는 화물차 바닥에서 옥소 어머니는 대성통곡을 했다. 아이들이 태운 첨성호가 침몰되었다는 보도를 듣고도 설마 했던 학부모들이 드디어 분통을 터뜨린 것이다.

"그러게 말입니다!"

"배 안에서 생사의 갈림길에서 고통받고 있을 아이들을 생각해서 천 번 만 번 물속으로 뛰어들었어야 했는데…."

"기다리라는 말 때문에…."

"학생들 모두를 무사하게 구할 수 있다기에…."

흔들리는 화물차 안에서 여인네들은 피를 토하듯 외치며 오열하고 흐느꼈다. 그렇게밖에 할 수 없는 무기력함의 한계를 느끼며 울부짖는 학부모들. 학교로 향하는 화물차 바닥은 학부모들이 쏟아내는 한숨과 울음으로 빨갛게 얼룩지고 있었다.

문밀동 학부모를 태운 화물차가 학교 운동장에 도착했을 때에는 이미 취재진들이 교장실을 점령하고 있었다. 취재진뿐만 아니라 다른 지역에서의 학부모들도 분통을 터트리며 교장선생을 에워쌌다.

교장선생은 안락의자에 등을 비스듬히 눕히고 여유 있게 앉아있었다. 그리고는 화살처럼 꽂혀오는 학부모들의 질문들을 듣는 척

마는 척 여유로운 표정이었다.

"학부모들이 이러신다고 도움 될 게 없습니다!"

"도움 될 게 없다니? 그럼 이대로 가만히 앉아서 기다리고 있으란 말입니까?"

"아이들을 구하기 위한 최소한의 방법은 강구해야지요!"

"지금 교장 선생님이 이렇게 한가롭게 앉아 있을 때가 아닙니다!"

"내가 한가로워 보입니까? 학부모들이 교장실까지 점령해서 교장을 죄인 취급하듯 하는데… 내가 한가롭게 보이느냐 말입니다!"

적반하장이란 말이 이럴 때 쓰이는 거구나 싶었다. 교장은 안락한 의자에서 벌떡 일어나 몰려든 학부모들을 향해 억하심정으로 소리쳤다.

"그럼… 이 교장이… 물속에라도 뛰어들란 말입니까?"

눈을 부릅뜨며 앞가슴을 쥐어뜯는 교장선생의 행동은 마치 실성한 사람처럼 보였다. 그러나 교장선생의 그 뻔뻔하고 오만한 태도에 분노를 금치 못한 학부모 한 사람이 소리쳤다.

"지금… 아이들은… 우리 자식들은 물속에서 허우적거리고 있습니다. 일 분 후에 죽을지, 몇 초 후에 숨을 거둘지 모를 극한 상황에서 죽어가고 있단 말입니다!"

"아니! 지금도 수없이 죽어가고 있을 겁니다!"

"교장선생님이 물속으로 뛰어든다고 도움은 안 되겠지만 적어도 학교장으로서의 책임 있는 처리를 해 주서야 합니다."

사람들 속에서 현묵이 아버지가 목소리를 높였다. 교장선생은 미친 듯이 웃어댔다. 그러곤 실없는 소리처럼 중얼거렸다.

"학생들이 물에 잠겼다고 생각해서 죽어가고 있는 것처럼 말하고 있지만, 우리 학생들은 모두 안전할 겁니다. 걱정하실 필요가 없습니다. 시간이 되면 정부에서도 구조선을 보내고 헬리콥터도 띄우고 해양청에서는 쾌속정을 보내서 우리 문밀고등학교 학생 전원을 구할 겁니다. 그러니, 아무 걱정 마십시오. 집으로 돌아가셔서 편안한 마음으로 기다리고 계시면 아이들은 무사히 돌아올 겁니다."

문밀고등학교 학교장의 말이었다. 상황을 전혀 인식 못 하는 말투였다. 어이가 없었다. 너무나 큰 충격을 받아 실성을 했나 싶었다. 혼자 편안한 꿈을 꾸고 있는 것 같았다. 아니 실신한 사람처럼 현실을 받아들이고 있지 않는 것 같았다. 귀를 막고 있었다. 두려운 현실을 듣지 않으려고 작정한 사람 같았다. 실성한 척 연기라도 한단 말인가?

교장실을 점령하고 있었던 취재진들도 어이가 없었는지 재빠르게 마이크와 카메라를 교장선생에게 들이댔다. 교장선생은 여유롭게 웃음까지 띤 얼굴로 말하는 것이다.

"아무 걱정 마십시오! 우리 문밀고등학교 학생 전원이 구조될 테니까요. 한 학생도 빠짐없이 귀가할 테니까 아무 걱정 마십시오."

평화로워 보이기까지 한 교장선생의 얼굴이 각 언론에 공개되었다. 교장선생의 말을 이 상황에서 누가 믿을까? 마치 아무 일도 없다는 듯 너무나 태연했다. 더구나 교장선생은 여유롭기까지 했다. 그런 데다… 교장은 마이크를 자신의 입으로 바짝 갖다 대며 황당한 소리를 외쳐댔다.

"어쩌면 침몰한 배는 첨성호가 아닐지도 모릅니다!"

"예?"

"예?"

취재진과 학부모들의 입에서 어이없는 한숨이 터졌다. 침몰된 배가 첨성호가 아니라니? 이게 무슨 말인가? 취재진도 어이없어 했고 학부모들은 귀를 의심했다. 교장선생이 실성했다고 여겨졌다. 실성하지 않고서야 어떻게 이런 말이 나올 수 있었을까?

"그러면 남해항 앞바다에 침몰된 배가 무슨 배라고 생각하십니까?"

취재진들이 교장선생을 에워싸며 물었다.

"첨성호가 아니라니요? 수학 여행 학생들이 탄 첨성호가 아니란 말입니까?"

취재진의 물음에 교장은 고개를 절레절레 흔들며 말했다.

"침몰된 배가 어떻게 첨성호라고 단정합니까? 우리 학교 학생들이 탄 첨성호가 아닐 겁니다!"

교장은 미쳐가고 있었다. 배가 기울면서부터 속보에 첨성호란 글자가 선명하게 비추었으며, 첨성호가 침몰하고 있다는 것을 모두가 아는 사실을 부인하고 있는 것이다. 자신의 안일한 생각 속에 갇혀 미쳐가고 있었다. 취재진이 마이크를 거두었고 카메라맨들도 카메라를 접었다. 학부모들은 하도 기가 막혀 차마 그 자리에서 울음도 터트리지 못했고 분노의 소리도 높이지 못했다.

"교장선생님!"

몰려던 학부모들 속에서 누군가가 큰 목소리로 교장을 불렀다. 은철이 아버지였다. 장난꾸러기이긴 했지만, 은철이 아버지에겐 목숨보다 더 귀한 자식이었고 조상들에게 떳떳하게 내 놓을 수 있었던 삼대독자 외아들 은철이었다. 눈에 넣어도 아프지 않을 자식이었다…. 애비의 품을 떠나 학교에 보내고 수학 여행이라는 장거리 여행도 보냈는데 그 은철이가 물에 잠겨 허우적거리고 있을 거로 생각하면 이대로 교장선생에게 달려들어 멱살이라도 끌고 싶었을 은철이 아버지가 의외로 침착한 어조로 교장선생을 불렀다.

"교장선생님 말씀대로라면 침몰된 선체가 첨성호가 아니다 그 말씀입니까? 우리 아이들이 탄 첨성호가 아니다 이 말씀이시지요? 교장선생은 그 말에 책임질 수 있습니까?"

다그쳐 물은 은철이 아버지의 눈이 번쩍거렸다.

물에 빠지면 지푸라기도 잡고 싶은 심정이라더니… 교장선생이 미쳐가고 있다는 걸 알면서도 교장선생의 말에 은철이 아버지는 귀가 번쩍 열리는 것 같았다. 침몰된 배가 첨성호가 아니라면 그보다 더 다행한 일이 어디 있겠는가? 은철이 아버지는 엉겁결에라도 교장선생의 말을 믿고 싶었다. 침몰된 배는 첨성호가 아니라면 얼마나 좋을까? 아니었으면 하는 생각이 간절한 은철이 아버지였다. 교장선생이 미쳐가고 있다고 여기면서도 침몰된 배가 첨성호가 아니기를 바라고 또 바랐다.

"정말이지… 바다 가운데에서 침몰된 저 배가 첨성호가 아니었으면… "

은철이 아버지도 어느새 현실을 부정하고 있는 교장선생을 닮아가고 있었다. 세상이 발칵 뒤집혀질 듯이 놀랍고 참담한 첨성호 참사를 부정하고 있는 교장선생은 분명 미쳐가고 있는데 은철이 아버지는 교장선생님만큼이나 간절한 마음으로 침몰된 배가 첨성호가 아니기를 바라면서 교장선생에게 다그쳤고 교장선생은 얼버무리지도 않고 자신 있게 말하는 것이다.

"암요! 책임을 져야지요. 내가 학교장인데, 책임을 지는 게 마땅하지요. 하지만 학생들 전원이 구조되었다 보도도 있었지요. 우리 학생들은 모두 구조되어 구조선을 타고 오는 중일 겁니다. 병원에서 진료받고 우리 문밀고등학교 학생들 전원은 각자… 집으로 귀가할 것입니다. 수학 여행을 떠났던 학생 전원이 돌아올 거라는 말씀입니다! 걱정하시지 말고 집으로 돌아가셔서 기다리고 계십시오."

미쳤다! 문밀고등학교 교장은 이미 미쳐버린 모양이다. 침몰된 첨성호가 아니었기를 바라던 마음을 현실처럼 받아들이고 있는 교장선생님! 그런 교장선생을 보면서 취재진도 돌아섰고 몰려왔던 학부모들도 어이없어했다. 교장의 입에서는 부글부글 거품이 일어나고 있었다. 눈은 하얗게 뒤집어지고 있었다. 교장 자신이 무슨 말을 하고 있는지도 모르는 것 같았다.

그렇게 믿고 싶었던 것이었을까? 남해항 앞바다에서 침몰된 배는 첨성호가 아니라고 믿고 싶었던 걸까? 문밀고등학교 학생 백 오십 명을 태운 첨성호가 침몰되었다는 것을 믿고 싶지 않았던 모양이었다. 첨성호가 침몰되었고 학생들 전원이 물속에 잠긴 채 죽어가고 있을 거라는 사실을 부정하고 싶었던 것이다. 멀쩡한 정신으로 그 사실을 받아들일 수 없어서 미친 척하는 짓은 아니었을까? 아니면 배를 인양하는 동안만이라도 이 끔찍한 사실을 인정하지 않겠다는 고집이라도 부리는 걸까?

교장은 분명 미쳐가고 있었다. 물속에 잠긴 채 울부짖고 있을 자식들 때문에 오열하던 학부모들은 미쳐가는 듯한 교장을 바라보다 말고 어이없어하며 교장실 바닥에 퍽퍽 주저앉아 버렸다. 미쳐가고 있는 교장에게 책임도 전가할 수 없는 학부모들은 분통을 터뜨리며 오열하고 말았다.

취재진들은 교장이 미쳤다고 단정하는지 급하게 장비들을 접었다.

"교장이 사태 짐작을 못 하는구먼."

"못 하는 게 아니라 믿지 않겠다는 태도 아니야?"

"그런다고 책임을 비켜가겠어?"

장비를 접고 떠나면서 취재진들이 주고받은 말이다. 사실 인정을 하지 않으려는 교장선생님이나 취재진들이 주고받는 말속에서 진지하고 심각해 보이는 느낌은 없었다. 모두 무심하게 주고받는 대화에 불과했다. 자신의 발등에 떨어진 불이 아니라서 그런가? 제 발등에 불꽃이 튀지 않으면 뜨겁지 않은 것이다.

물밑에서는 아이들이 생사의 갈림길에서 허우적거리고 있었고 학부모들은 자식들이 물속에 잠겨 있을 거라는 사실만으로 가슴을 치며 울부짖는데 이 시급한 사태를 강 건너 불 보듯하는 것 같은 관리자에 대한 분노가 학부모들뿐만 아니라 일반인들의 가슴을 저리게 했다. 더구나 또래 학생들이 물에서 허우적거리고 있을 거라는 사실을 인지한 전국의 학생들이 움직이기 시작했다. 그리고 여기저기서 수군거렸고 웅성대는 소리가 높아지고 있었다.

첨성호 사고가 났다는 보도가 처음에는 불확실하게 퍼졌고 그리

고 곧 배가 기울고 있지만, 제자리로 돌아올 거라는 희망설이 들렸
으며 첨성호에 탔던 승객과 학생들 전원이 무사하다는 보도도 흘
러나왔다.

안일하게 흘러나오는 보도에 학부모들과 국민들은 사태의 심각
성을 인식하지 못했다. 그러다가 TV 화면에 비쳐진 첨성호의 선체
는 이미 선체의 절반 이상이 기울어졌고 나중에는 선체의 뱃머리
가 둥 떠 있는 것처럼 비추어졌다. 물에 잠긴 그 선체 안에는 일반
승객들뿐만 아니라 수학 여행을 떠난 문밀고 학생 백오십 명까지
탔다는 보도가 이어졌다. 각 언론과 보도진에서 급하게 움직였고
속보로 사실 확인도 되었다. 그러나 구조작업이 늦어지면서 전국
학생들과 학부모의 가슴에 분노의 불이 붙었다.

남해항 선창에는 일반 사람들이 몰리기 시작했고 선창에 서서
자식들의 이름을 목메어 불러대는 학부모들의 외침이 그치지를 않
았다. 그 학부모들은 누구나 눈앞에 펼쳐진 바닷속으로 뛰어들고
싶은 심정이었다. 그런 심정을 꾹꾹 누르고 자식들의 이름을 부르
며 울부짖는 학부모들, 선창에 나왔던 일반인들은 누군가가 부르는
아이들의 이름을 함께 불러주었고⋯ 목이 메도록 불러주었다⋯ 학
부모들이 심정을 헤아리며 누구의 아이인지도 모르면서 들리는 이
름을 함께 불러주는 소리는 바다 가운데까지 퍼져갔다. 물에 잠긴
아이들의 부모들 목소리와 곁에서 함께 불러주는 다른 일반인들의
소리는 함께 어우러져서 바다 먼 곳까지 울려 퍼졌다. 그리고 선창
에서는 아이들 이름을 불러주는 소리는 문밀고 학부모의 소리만은
아니었다. 선창으로 몰려온 사람들은 누구나 할 것 없이 소리를 높

여서 아이들 이름을 불렀고, 그리고 학부모들과 함께 흐느끼고 오열하면서 슬픔을 함께 나누었다. 밤이 되어도 선창을 떠날 줄 모르고 자식들 이름을 불러대는 학부모들. 그 학부모뿐만 아니라 자식들을 가진 다른 어머니, 아버지도 함께 부르는 이름. 첨성호에 갇혀 허우적거리고 있을 문밀고등학교 학생 전부는 이 나라 모든 부모들의 아이가 되어 애타게 이름을 불리우고 있었다.

선창에 서서 그렇게 자식들의 이름을 부르는 아이들의 부모를 보면서 함께 있어 준 국민들. 함께 들어준 다른 학생들. 그들은 모두가 문밀고등학교 학생의 학부모가 되었고 학부모들의 심정이 되어 숨 쉬고 흐느꼈다. 함께 눈물을 흘리고 학부모들의 마음이 되어 한숨 쉬어 주었다. 학생들 모두의 이름들을 하나하나 불러주며 학생 전원 모두가 살아있어주기를 바라면서….

6

촛불의 의미는

첨성호가 침몰되었다. 바다 한가운데에서 가라앉았고 그 선체에
는 문밀고등학교 학생 백오십 명이 탔다. 제주도로 수학 여행을 떠
났던 학생들이다. 사고에 대한 아무런 상식 없이 수학 여행의 기쁨
에만 들떠있었을 학생들. 인솔자 선생님의 말씀만 믿고 있는 학생
들. 수학 여행을 떠나던 열여덟 살 학생들이 믿는 것은 오직 선생
님들이었고, 선생님들이 일러주는 규칙이며 지시였을 것이다.

그런 학생들이 몇 시간이 지나도록 물속에 잠겨있다고 생각하면
분통이 터지지 않을 사람이 없을 것이다. 구조작업이 늦어지고 오
열하는 학부모들이 피를 토해내는 듯한 울음을 들으면서 누군가가
켜둔 촛불 하나! 촛불 하나는 다른 촛불들을 불러 모았다. 그 촛
불은 사고로 물에 잠긴 아이들을 살려내자고 밝혀졌고 물속에 잠
겨있을 자식들을 애타게 불러대는 학부모들을 위로하고자 밝혀진
위로의 촛불이기도 했다. 무엇보다도 희생된 학생들을 구출해 달
리는 재촉의 촛불이기도 했다. 시간이 흐르고 날이 가면서 모인 촛

불의 행렬은 길어졌고 걷잡을 수 없는 행렬로 이어졌다. 학생들은 동질감을 느끼며 촛불을 들었고 어른들은 분통이 터져서 분연히 일어섰다.

선창에서는 학부모들이 맨발을 바닷속에 넣고, 그 차가움과 추위를 느끼고자 했다. 침몰된 첨성호 선체 안에 갇혀 물에 잠겨있을 아이들을 생각하면서 학부모들은 그렇게라도 해서 자식들이 겪고 있는 고통을 나누고자 했다. 심지어는 속옷 차림으로 바닷속으로 첨벙 들어가는 학부모들도 있었다. 물속에 잠긴 자식들의 고통을 조금이나마 나누고자 했던 학부모들의 그 모습은 처절하리만큼 눈물겨웠다. 촛불을 밝히고 촛불의 행렬이 이어졌던 이유였기도 했다. 그러한 촛불의 힘은 컸다. 첨성호 침몰사건은 국민들에게 분노를 느끼게 했고 대한민국 모든 학생들에겐 배신감을 느끼게 했다. 사고가 난 시간이 얼마나 흘렀는데도 아이들의 목숨을 생각하지 않고 핑계와 떠밀기로 일관했던 정부에 대한 분노와 배신감이 너무도 컸던 것이다. 그 구조선이 첨성호에 도착하여 구조작업을 했을 때는 너무나 늦어버렸다. 불행하게도 구조 소식은 들리지 않았다. 구조선에서 시신들이 한 구 한 구 내려질 때마다 오열과 흐느낌이 하늘을 흔들고 땅을 흔들어 대는 것 같았다. 학부모들의 통곡 소리는 목을 찢어서 뱉어 내는 핏덩어리였다. 시신으로라도 돌아오지 못하고 있는 아이들의 부모들은 실성한 듯 바닷속으로 뛰어들곤 했다. 자식들의 이름을 불러대면서 말이다. 잘 갔다 오겠다면서 활발한 걸음걸이로 나갔던 자식이 차디찬 시신이 되어 돌아온 모습을 보고는 온몸을 무너뜨리며 울부짖는 학부모들 그 모습 한 장면

한 장면을 차마 끝까지 지켜볼 수가 없었다. 비극이었다. 처참한 비극이었다. 대한민국 이 땅 위에서는 다시는 일어나지 말아야 할 처절하고도 잔인한 비극이었다. 미쳐가던 교장선생이 말한 대로 사고가 난 배가 첨성호가 아니었으면 얼마나 좋았을까. 지푸라기라도 잡고 싶었던 심정으로 교장선생 말을 믿고 싶었던 은철이 아버지는 선창에 눕혀지는 시선들을 보면서 분노와 좌절감으로 소리치기 시작했다.

"아이들 모두 무사하다며? 승객들 모두 안전하다며? 이게 무사하고 안전하다는 거야? 아니… 아니… 침몰된 배는 첨성호가 아니라며? 교장 나와라! 교장은 나와서 첨성호 침몰이 아니라고 떠들어 보란 말이야!"

은철이 아버지는 미친 듯이 소리쳤다. 가슴을 치며 울부짖었다. 땅바닥에 주저앉은 채 울부짖었다. 은철이는 살아 돌아오지도 않았고 시신으로도 돌아오지 못했다. 은철이의 형체조차 없었다. 미치고 발딱발딱 뛰고 싶은 심정이지만 어떻게든 은철이를… 은철이를 만나봐야지 하는 심정으로 버티었고, 정신줄을 잡고 있을 뿐이었다.

"은철아!"

"은철아! 내 아들 은철아!"

아들 은철이를 불러대며 금방이라도 바닷속으로 뛰어들 것 같은 은철이 아버지였다. 은철이 어머니는 그런 남편을 부여잡고… 끌려 다니듯 가고 있었다. 그런 은철이 아버지와 은철이 어머니를 보면서 주위 사람들은 눈시울을 적셨다. 그러나 안타깝게도 그들은 아무엇도 할 수가 없었다. 그저 무기력한 사람일 뿐이었다. 그러나 은철이 아버지는 가만히 손 놓고 있을 수는 없었다. 무엇이든지 해야만 할 것 같았다. 은철이를 불러대는 아버지 모습도 보이고 싶었고 아버지가 은철이를 애타게 찾고 있다는 것도 보이고 싶었다. 그래야 은철이가 한발이라도 먼저 올 것 같아서이다. 은철이 아버지는 팻말을 만들었고 그 팻말에 커다란 글씨로 은철이 이름을 새겼다. 그리곤 번쩍 들어 선창 가운데에 섰다.

"은철아! 이 팻말 보이제? 아부지가 너 이름을 썼다! 커다랗게 썼다! 아버지가 부르면 한 발자국이라도 더 빨리 뛰어 오이라!"

커다란 팻말을 두 손으로 흔들어 대며 은철이 아버지는 외쳤다. 아들 은철이가 들리도록 소리치며 불렀다. 아들 은철이가 볼 수 있도록 큰 팻말을 흔들어 대며 은철이를 불렀다.

문밀동 학부모들은 은철이 아버지 옆으로 옹기종기 모여들었다. 아이들이 문밀동 태생이란 이유만으로 모여들듯이 문밀동 학부모들은 은철이 아버지 옆으로 몰려 앉았다. 은철이 아버지 중심으로 뭔가 해볼 심사였다. 은철이 아버지가 팻말을 만들고 팻말에 이름을 새겨놓고 팔이 부러져라 흔들어, 학교로 가면 학교로 가고, 마치 은철이 아버지가 움직이는 대로 행동할 것 같은 문밀동 사람들, 그 사이로 촛불을 밝힌 사람들이 모여들었고, 선창에서도 거리에서도 촛불행렬이 이어졌다. 촛불 하나에 아이들에 대한 추모와 명복을 빌었다. 촛불 하나에 학부모들을 위한 위로가 있었다. 희생된 학생들에 대한 애도의 물결이 걷잡을 수 없이 번져갔다. 첨성호 참사는 그만큼 국민들을 분노케 하였고, 국민들을 실망시켰던 것이다.

　은철이 아버지는 촛불 행렬에도 끼어들었고, 촛불을 들고도 뛰었다. 아들 이름을 적은 팻말을 흔들면서 촛불 행렬에 참가한 은철이 아버지는 첨성호 사고로 희생된 학생들을 애도하는 촛불의 의미를 너무도 잘 알았다. 문밀동 사람들도 촛불 행렬에 동참하였다. 촛불의 의미는 자식을 잃은 학부모님들의 슬픔이었고, 사고 대처에 늦장을 부렸던 관계자들에 대한 분노이기도 했다.

　밤이 깊었다. 은철이 아버지는 은철이 이름이 적힌 팻말을 팔이 저리도록 흔들다가 선창 바닷가에 푹 주저앉고 말았다. 지친 모습이 역력한데도 밥 한 숟갈 입에 뜨지 않았고 물 한 모금 넘기지 못했던 은철이 아버지는 들고 있던 팻말을 내려놓으면서 팻말 위에 얼굴을 묻어버렸다. 두 손바닥으로 은철이 이름을 쓰다듬고 쓰다듬으면서 은철이를 불렀건만 바짝 마른 입 안에서는 목소리도 나오지 않았다. 은철이 아버지는 그래도 아들 은철이를 불렀다.

　"은철아! 은철아! 아버지 목소리가 들리나? 들렸으면 퍼뜩 와야지!"

　혼잣말처럼 그렇게 중얼거리던 은철이 아버지는 그대로 쓰러졌다. 아니, 은철이를 불러대며 깊은 잠에 빠져들었다.

　사방에서 물소리가 철썩거린다. 얼음장보다 더 차가운 물소리였다. 서늘한 물소리에 섞여 귀에 익은 목소리가 들렸다.

　"아버지! 뭐 합니까? 퍼뜩 오이소!"

　은철이의 목소리였다. 은철이가 아버지를 찾고 있었다 퍼득 오라고 소리치고 있었다.

"응? 은철이냐?"

"아버지 퍼뜩 오이소…. 할아버지가 기다리고 계십니다!"

"할아버지가? 할아버지가 어디서? 어디서 누굴 기다린다는 말이고…."

분명 은철이었다. 은철이 아버지는 허둥거리며 자리를 박차고 일어섰다. 그런데 기이하게도 은철이는 보이지 않고 수염을 하얗게 기르신 영감님이 은철이 아버지 앞을 가로막고 서있는 것이다. 그리곤 바짝 성이 난 얼굴로 소리쳤다.

"아들을 잃었다는 애비가 그렇게 태평스러워서… 어쩌노? 은철이 안 찾을 끼가?"

"은철이를 어디서 찾습니까?"

"어디서 찾던 찾아야제… 혼자서 못 찾겠으면 날 따라오이라…"

"예! 예!"

은철이 아버지는 굽신거리기까지 하면서 하얀 수염 달린 영감님 뒤에 바짝 붙어섰다. 그리곤 영감님이 발길을 옮길 때마다 걸음을 재촉했다. 신기하게도 영감님이 걸음을 옮길 때마다 촛불이 하나씩 하나씩 켜지는 것이었다. 은철이 아버지는 촛불을 따라갔다. 물속에서도 길은 선명했다. 은철이 아버지는 영감님을 놓칠세라 부지런히 걸었다. 영감님의 걸음걸이는 무척 빨랐다. 은철이 아버지가 허둥대며 걸어도 못 따라갈 정도였다. 영감님은 그런 은철이 아버지를 꾸짖었다.

"빨리빨리 오지 않고 뭐 해? 시간도 없는데…"

"예! 예! 갑니다."

"자식 잃었다는 사람이 우째 저래 굼벵이 짓을 하노? 쯔쯔쯧"

영감님은 혀까지 끌끌 차며 은철이 아버지를 꾸짖었다. 순간 은철이 아버지는 머릿속에서 번쩍하는 것을 느꼈다. 영감님을 놓쳐서는 안 된다는 생각에 몸을 굴리듯이 하며 뛰었다. 그제야 영감님 곁으로 나란히 설 수가 있었다. 은철이 아버지는 영감님의 곁에 서면서 못마땅한 듯 중얼댔다.

"영감님의⋯ 걸음이 그렇게 빠릅니까?"

"이 사람아⋯ 저기를 봐! 은철이가 저 바위틈에 갇혀서 나오지 못하고 눈에 띄지를 않아서 구조도 되지 못하고 있는데 애비라는 사람이 굼벵이 짓으로 걸으니⋯ 내가 답답하지 않겠나? 이 사람이⋯."

"영감님!"

"왜?"

"우리 은철이가 보인다 말씀입니까?"

"저기를 보게."

영감님이 가리키는 곳을 본 은철이 아버지는 고개를 크게 끄떡거렸다. 은철이가 보였던 것이다. 영감님이 가리키는 곳에 은철이가 있었다. 은철이 아버지는 은철이를 부르며 은철이가 있는 곳을 향해 달음박질했다. 은철이는 좁은 바위틈에 걸려 있었다. 사람들 눈에 띄지 않는 곳이라서 불쌍한 모습으로 웅크리고 있었다.

"은철아!"

은철이 아버지는 은철이를 부르며 바위 쪽으로 달려갔다. 미역과

해초들에 가려진 바위틈, 그 바위틈에 웅크리고 있는 은철이를 발견하고는 허겁지겁 달려갔다. 그리고 입에서 단내가 나도록 불러댔던 은철이를 소리쳐 불렀다.

"은철아!"

그리고 해초들을 걷어내며 바위 쪽으로 다가가고 있는 은철이 아버지! 은철이 아버지는 몸을 굽혀 은철이가 있는 곳으로 한 걸음 한 걸음 다가갔다. 은철이는 바위틈에 갇힌 듯이 웅크리고 있었다.

"은철아!"

은철이 아버지는 꼼짝도 않고 웅크리고 앉아 있는 은철이 쪽으로 다가갔다. 은철이 아버지는 가슴을 치며 탄식을 했다.

"우리 아들 은철이가 여기 있었구나! 바위에 갇혀 있어 아무도 몰랐구나!"

"은철아! 조금만 기다려라! 이 아빠가 구해주마! 아버지가 구해주마!"

은철이 아버지는 은철이가 눈앞에 있는데도 은철이를 구하지 못할까 봐 애를 끓였다. 이런 은철이 아버지를 보고 영감님은 꾸짖듯이 말했다.

"애비라는 사람이… 자식이 저 모양으로 있는데 찾을 생각도 않고… 미친 것처럼 울고만 있으니… 은철이는 저승길도 제대로 못 갈 뻔했구먼."

"저렇게 너무 오래 누워있다가는 살도 녹아 없어지고 뼈도 못 찾는다…. 그러니 어서 은철이를 찾아가야제"

채찍질하듯 따가운 말투였다. 은철이 아버지를 꾸짖는 게 틀림없었다. 은철이 아버지는 등에 채찍질이 가해지듯 몸을 비틀었다. 마음이 아팠다. 몸이 아팠다. 자식이 저 지경이 되도록 내버려 두고 있었다니? 은철이 아버지는 자신을 자책하면서 걸음 걷기를 게을리하지 않았다. 은철이 있는 곳을 향해 부지런히 걸었다. 그런데 어찌 된 일인지 다가가면 다가갈수록 더 멀어지기만 했다.

"은철아!"

은철이 아버지는 온몸으로 은철이를 불렀다. 온몸에 기력을 모으며 힘껏 불러댔다. 깊은 바위에 끼여 웅크리고 있는 은철이를 볼 수는 있었지만 만질 수 없는 안타까움에 은철이 아버지는 죽은 듯이 기를 모아 아들 은철이를 불렀다. 얼마를 그렇게 불러댔을까? 은철이가 반응을 보였다. 아니 아버지 목소리를 들었는지 "아버지"라고 말했다. 장난기라고는 없는 목소리로 아버지를 불러댔다.

"아버지요!"

"오냐! 오냐, 은철아"

"왜 이제 오셨습니까?"

"애비가 늦었다! 미안하다 은철아!"

은철이 아버지는 아들 은철이에게 미안한 생각만 들었고 그저 슬프기만 했다. 은철이도 아버지를 무척이나 기다렸는지 목이 멘 소리로 말했다.

"아부지요! 퍼뜩 오이소! 숨이 막혀 죽겠습니다."

"오냐! 오냐! 아버지가 가마… 어서 갈게…"

은철이 아버지는 바위 입구 쪽에서 팔을 뻗었다. 그리고 몸을 굽혀 바위 사이에 있는 은철이를 끌어안았다.

고래가 되어

"아이고, 은철아!"

은철이 아버지는 은철이를 끌어안은 순간 세상 것을 다 얻은 듯 소리쳤다. 그리곤 어린 은철이를 업듯이 등에 눕히고는 도망치듯 걸었다. 물속에서 첨벙거리며 도망치듯 뛰었고 달렸다. 이마에는 땀이 송골송골 배였고 몸에서는 식은땀이 흘러내렸다. 그러나 은철이 아버지는 신이 나서 떠들어 댔다.

"아버지가 땀 좀 흘렸다고 대수냐? 우리 은철이를 이렇게 업었는데… 우리 은철이를 찾아서 업고 가는데…"

"…"

"은철아!"

"…"

"은철아"

은철이 아버지는 뒷짐 진 손으로 은철이 궁둥이를 치켜들며 혼자 중얼거렸다. 연신 아들 은철이를 불러댔다. 은철이는 대답은 없지만, 은철이를 업었다는 마음에 세상 다 얻은 듯이 기뻐하였다. 어느새 집에 가까워졌고 대문이 안 활짝 열려있었다. 은철이 아버지는 대문을 들어서면서 큰소리로 외쳤다.

"여보? 우리 은철이가 왔어! 어서 나와 봐!"

은철이 아버지는 등에 업힌 은철이를 마당에 세웠다. 그런데 웬일인지 은철이가 보이지 않았다. 바닷속 바위틈에서 은철이를 끌어내어 업고 집에까지 왔는데 마당에 내려놓은 은철이가 보이지를 않았다.

"은철아!"

사방을 두리번거리며 은철이를 불렀지만, 은철이는 마당에 없었다. 보이지도 않았다.

"은철아!"

은철이 아버지는 빈 마당을 휘둘러 보면서 미친 듯이 은철이를 불러댔다.

"은철아!"

그러나 은철이는 없었다. 분명 은철이를 업었고 열린 대문으로 들어섰고 마당에 은철이를 내려놓았는데 은철이는 없었다.

미친 듯이 은철이를 불러대는 은철이 아버지는 누군가가 흔드는 바람에 눈을 떴다. 은철이 어머니가 슬픈 눈으로 지켜보고 있었다.

"꿈을 꾸었습니까? 생시나 꿈에서나 은철이 부르는 소리가 애간장이 녹는 것 같구려."

은철이 어머니가 한숨 섞인 소리로 말했지만, 은철이 아버지는 믿을 수가 없었다. 분명 은철이를 보았고 은철이를 업고 집에까지 왔었는데… 그러나 주위를 두리번거렸으나 집은 아니었다. 물소리가 철썩거리는 선창이었다. 아! 꿈이었구나! 은철이 아버지는 가슴에 구멍이 난 것 같은 행해짐을 느꼈다. 꿈이었던 것이다.

꿈을 꾸었던 이튿날이었다. 오후 서너 시간이 되었을까? 생존자가 두 사람이란다. 인양된 시신 서너 구와 생존자 두 사람이 남해항 선창에 있다는 소리에 문밀동 학부모들은 남수 아버지의 화물차로 모여들었다. 생존자가 두 사람이나 된다니? 얼마나 기적적인 일이냐? 아직도 살아있을 아이들이 있을 거라는 희망이 생겼고 기대도 있었다. 남수 아버지의 화물차는 껑충거리며 남해항 선창을 향해 달렸다. 철커덕거리는 화물차 소리가 거슬리지 않았다. 문밀동 학생들 이십오 명 그 학부모들은 마치 자기 자식들이 살아온 것처럼 가슴을 조이고 설레기까지 하면서 아무도 모를… 아무도 알수 없는 기도를 하면서 가고 있었다. 화물차에 실려서 달려갔을 때가 그때만큼 설레었을 때에는 없었을 것이다. 그러나 그 설렘은 잠간이었다. 생존자 두 사람은 일반인 승객이었고 시신으로 돌아온 서너 구의 시신도 일반 승객이었다. 그런데 일반 승객이라고 믿었던 시신 한 사람이 학생이었음이 밝혀졌다. 남학생이었다. 잿빛 잠바 속에다가 입은 교복 안쪽에는 "한은철"이라는 이름이 선명하게 박혀있었다.

"한은철 학생 학부모님 계십니까?"

바리케이트 안에서 한 남자의 입에서 터져 나온 이름.

"한은철!"

은철이 아버지는 바리케이트 쪽으로 달려가면서 천 번이고 만 번이고 말했다.

"예! 예… 제가 한은철이 애비 되는 사람입니다… 내 아들이 한은철입니다. 우리 은철이 어디 있습니까?"

바리케이트 안으로 들어서는 은철이 아버지는 빈 들녘에 세워진 허수아비처럼 휘청거리고 있었다.

"제가 은철이 애비인데요. 우리 은철이 어디 있습니까?"

은철이 아버지는 안내자를 따라가면서 연신 물었다. 안내자는 말없이 은철이 아버지를 시신이 눕혀진 곳으로 안내했다. 그리고 하얀 덮개를 들추어 보이며 무뚝뚝하게 말했다.

"아들인지 확인하십시오."

"우리 은철이가 왜 여기에 누워 있습니까?"

"확인부터 하십시오!"

사무적인 안내자의 말에 은철이 아버지는 잠시 멍해졌다. 다리가 후들거렸다. 몸이 떨렸다.

"어서 확인부터 하십시오!"

안내자는 사무적인 말투 이외는 아무런 감정 표현이 없었다. 은철이 아버지는 미친 듯이 은철이를 부를 때와는 달리 조심스럽고 두려운 마음으로 천천히 천천히 안내자의 곁으로 다가갔다. 그리고 안내자가 들어 올린 덮개 안으로 조심스럽게 시선을 돌렸다. 눈에 익은 은철이의 잿빛 잠바가 보였다. 안내자가 무뚝뚝한 소리로 말하고 있었다.

"겉옷이 잠바 차림이어서 학생이 아닌 줄 알았답니다…. 안쪽에 교복을 입었고 교복에 새겨진 이름으로 학생 명단에서 확인했습니다."

무뚝뚝한 안내자의 말을 듣는 둥 마는 둥 하면서 몸을 낮춘 은철이 아버지는 거기서 아들 은철이의 얼굴을 보았다. 장난기가 사라진 하얀 얼굴을… 핏기라곤 없는 백지장 같은 은철이의 얼굴을… 보고 확인하고 또 확인하고 아무리 확인해도 은철이가 틀림없었다.

"은철아!"

은철이 아버지는 실신한 듯 몸을 무너뜨리고 말았다. 은철이 아버지는 자는 듯이 누은 은철이를 두 팔로 들어 가슴에 안았다.

시신이 확인되면 병원으로 이송된다고 했다. 은철이 아버지는 병원으로 떠나는 엠블런스 운전하는 사람에게 학교로 가자고 했다. 그리고는 남수 아버지의 화물차에 오르면서 큰 소리로 울부짖듯 외쳤다.

"문밀동 학부모님들… 학교로 갑시다…. 학교에 가서 학교장에게 보여야지요! 우리 은철이를 보여 드려야 하지요. 그리고 저 바다 가운데에 처박혀 있는 배는 첨성호라고 알려주십시다… 수학 여행을 간다고 좋아서 들떴던 문밀고등학교 학생들이 탑승했던 그 첨성호라고 말해 드려야지요!"

은철이 아버지를 태우고 시신이 되어 돌아온 은철이를 태우고 문밀동 학생 학부모님을 태운 남수 아버지의 화물차는 문밀고등학교를 향해 달려갔다. 교문을 들어서자 화물차에서 내린 은철이 아버지는 교장실로 향했다. 교장은 아직도 긴 안락의자에 몸을 눕히듯이 하고 앉아있었다.

"교장선생님!"

"나와 보십시오. 우리 은철이가 왔어요."

은철이 아버지는 교장선생님을 엠블런스 앞으로 불렀다.

"내 아들 은철이 여기까지 오는 시간도 아깝습니다! 다른 친구들과 함께 저승길 가기도 바쁘거든요. 그런데 애비가 죽은 아들을 여기까지 데려온 건 교장선생님에게 확인시킬 게 있어서입니다… 바다 가운데에 처박혀있는 저 선체는 첨성호였습니다… 아직 인양되지 않았지만 내 아들 은철이가 그걸 증명하려고 교장선생님에게 온 겁니다…. 교장선생님! 교장선생님이 진작부터 첨성호 침몰사고를 인정하고 각 해양청이나 관계 부처에 발 빠르게 호소라도 했더라면 한 생명이라도 더 구할 수 있었다. 그 말입니다."

어쩌면 내 아들 은철이도 살았을지도 모른다는 말을 하고 싶었지만 더 이상 말을 할 수가 없었다. 교장은 하얀 덮개에 씌워 있는 은철이에게는 관심도 없는 듯 눈에 초점도 없이 두리번거리며 호소하듯 애끓는 목소리로 말하고 있었다.

"우리 문밀고등학교 학생들을 태운 첨성호가 침몰되었습니다… 첫 희생자가 생겼습니다… 더… 다른 학생들이 희생되지 않도록 빨리… 빨리 구조선을 보내 주십시오. 어서, 빨리 보내주셔야 합니다."

교장은 낄낄거리며 외쳤다. 문밀고등학교 학교장은 책임감마저 회피해 버리려고 하는지, 감당할 수 없는 책임감에 그런지 그렇게 미쳐가고 있었다.

잠수인은 증언했다. 시신들을 발견하는 곳은 거의 선체 안이었다고 했다, 그런데 은철이는 이외로 선체 바깥 움푹 파인 곳… 그것도 평평한 곳이 아닌 바위틈에 있었기 때문에 어렵게 인양했다고 말했다. 아마도 은철이는 아버지에게 마지막 효도라도 하고 싶었던 것이었을까? 꿈이라는 길을 이용하여 자신이 있는 곳을 알려 준 것 같았다. 그리고 은철이 아버지도 그렇게 믿고 싶었다.

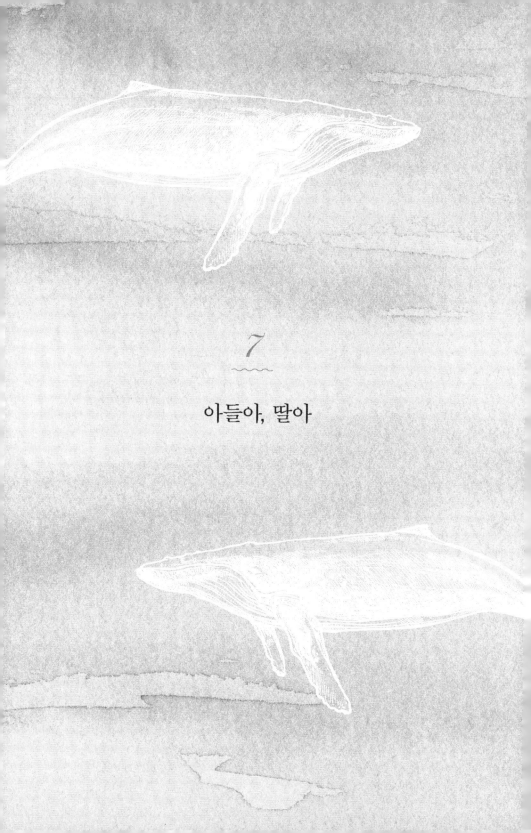

7

아들아, 딸아

몇 명의 생존자와 수많은 시신들. 첨성호 침몰사건의 상황은 이러했다. 더 이상의 생존자는 없었고 실종자의 명단만 있을 뿐이었다.

선창에는 밤낮으로 울부짖던 학부모들의 통곡이 땅으로 스며들듯 땅 밑에서 윙윙거리며 들려오곤 했다. 가족을 잃은 유족들의 허탈함은 허공으로 맴돌고 자식들을 잃은 학부모들의 가슴에서는 아물지 않은 상처로 벌어진 채 날마다 눈물로 채워지곤 했다. 유족들을 위로하고 어린 학생들과 죽은 승객들을 안타까워하며 밝혀진 촛불은 곳곳마다 켜졌다. 촛불 하나하나가 유족들에게 위로가 될 수는 없었겠지만 첨성호 희생자를 추모하는 촛불 행렬은 오랫동안 이어졌다. 유족들 모두 위로할 수는 없었지만, 그 슬픔에 동참한다는 의미로써 사람들은 촛불만이라도 밝히고 싶었던 것 같았다. 가슴에 자식을 묻은 학부모들의 가슴은 달아오른 철근보다 더 뜨거운 분노로 이글거렸고 아이들을 구하지 못했다는 자책감과 원통함을 못 이겨 선창에서 떠나지를 못했다.

생존자 없는 구조작업이 끝나고 유족들을 위로하고자 모였던 사람들도 하나둘 떠나고 없는 선창에서는 아직 유해를 찾지 못한 실종자의 부모들이 넋을 풀어 그물처럼 바다에 띄워 놓은 채 시름없이 앉아서 흐느끼고 통곡했다. 이제는 시신이라도 돌아와 주기를 간절하게 바랐다. 살아있는 사람이 할 수 있는 것은 그것뿐이었다. 발 빠른 구조작업이 있었더라면 한 명의 생명이라도 더 살릴 수 있었다는 교훈을 우리는 잊을 수가 없을 것이다. 문밀동 아이들은 아무도 생존하지 못했다. 시신도 찾지 못한 유족들. 학부모들은 하루하루가 지옥이었다.

은철이의 죽음을 눈으로 확인하고도 믿지 않으려 했던 은철이 아버지였다. 병원 영안실에 잠자듯이 누워있는 은철이를 만져보고 더듬어 보고도 은철이의 죽음을 실감할 수 없었던 모양이다. 은철이 아버지는 차마 은철이를 보내지 못하고 장례를 치르지 않았다. 매일 병원에 머물며, 은철이 옆을 지켰다. 차마 은철이 곁을 떠날 수 없었다.

그런 은철이 아버지에게 은철이의 죽음을 실감케 해준 건 실종자 가족들이었다. 살아서 돌아오지도 못했는데 시신까지 찾지 못한 실종자의 가족을 보면서 은철이 아버지는 생각을 바꾼 것이다. 시신을 찾고도 장례를 치르지 않은 은철이 아버지에게 쏟아진 건 죽은 아들에게 더 몹쓸 짓을 하고 있다는 비난이었다. 자식의 죽음도 확인 못 한 실종자 학부모들은 은철이 아버지가 사치를 부리는 거라고 손가락 질하고 비웃기까지 했다. 은철이 아버지는 그런 실종자들의 유족들에게 할 말이 없었다.

"은철이 아버지! 이제… 그만… 은철이를 보내 주이소… 빨리 가 야지… 친구들도 만나고… 함께 떠나지 않겠어요? 아이들에게 저 승길이 얼마나 멀겠소? 그 먼 길 은철이 혼자 가면 더 외롭고 더 지루할 텐데…"

시신이라도 찾은 유족들이었기에 그런 말도 할 수 있었다. 실종 자 유족들도 망설이지 않고 은철이 아버지에게 할 말을 했다. 은철 이 아버지는 그제야 자신의 고집이 얼마나 많은 사람에게 고통을 주고 있는 것인가를 느꼈다. 은철이에게도 못 할 짓이라는 생각도 들었다. 이제 이쯤에서 은철이를 보내 주어야겠다고 생각했다. 은 철이 아버지 생각이 그렇게 굳혀가고 있는 동안 선창에서는 더 많 은 시신들이 눕혀졌고 서서히 학생들 시신도 올라오기 시작했다.

잠수인에게서 시신 몇 구를 더 찾았다는 소식이 전해졌고 문밀 동 사람들은 행여나 하는 마음으로 선착장 위로 뛰어올랐다.

이미 살아서 돌아올 수는 없었지만, 시신이나마 찾겠다는 학부 모들의 급한 마음이었다. 학부모들은 시신이나마 찾지 않을까? 하 는 기대로 뛰어갔지만 몇 구의 시신은 일반 승객들이었다. 은철이 가 시신으로 선착장에 돌아왔을 때만 해도 어느 학부모들은 자기 자식들은 살아있을 거라고 믿었을 것이다.

그러나 생존해 있을 거라는 기대 자체가 허물어졌다. 혹시 안전 한 지대에서 구출을 기다리며 있었다 해도 살아있을 가망은 없었 다. 물밑에서 그 오랫동안 추위를 견딜 수도 없겠거니와 배고픔과 죽음의 공포에서 견뎌낼 만한 어른들도 아닌 이제 겨우 열여덟 살 의 어린 나이였다. 생존해 있으리라고 기대할 시간은 이미 너무 허무하게 흘러가 버린 것이다.

문밀동 학부모들은 발을 동동거리며 애를 태웠다. 살아서 돌아와 주기를 포기한다면 시신이라도 찾으려는 마음이 또한 절절했던 것이다. 실종자들의 학부모들을 바라보며 은철이를 보내주기로 결정한 은철이 아버지는 그제야 은철이가 시신으로나마 돌아온 게 얼마나 다행한 일이었는지 알았다.

밤이 되어도 선창에서 떠날 줄을 모르고 지키고 있는 실종자의 학부모님들이며 승객들의 유족들이 모두 하나같이 시신이나마 찾겠다고 밤낮으로 선창을 지키고 있는 게 아닌가? 밥을 먹을 수도 없고 물 한 모금도 넘길 수 없는 실종자의 유족들. 은철이 아버지는 그들을 위해 물이며 먹을 것을 권했다. 비록 아들 은철이가 죽어서 돌아왔지만, 시신도 찾지 못하고 있는 이들에 비하면 얼마나 다행인가 싶었던 은철이 아버지는 그렇게라도 해서 그들을 위로했다.

은철이 아버지의 정성이 닿았는지 하나둘 봉사자가 나타나고 그들은 실종자의 유족들에게 정성으로 위로하고 보살폈으며 산 사람으로서 살아야 하는 최소한의 음식도 제공했다. 입이 떨어지지 않았지만, 한 사람 두 사람 밥알을 넣기 시작했고 물을 마시기도 했다. 살아있는 사람의 몫이었다. 먹고 마시지 않으면 돌아오는 시신도 반길 수 없었으니까 살아있는 사람은 그렇게라도 해서 생명을 지켜야 했다. 생명을 지켜야 한다는 건 산사람의 몫이 아니던가?

시간이 갈수록 이제는 시신도 하루에 한두 구밖에 올리지 못했다. 이대로라면 정말이지 영영 문밀동 아이들은 그 시신마저 수습되지 못할지도 모른다. 슬픔과 실망이 교류되고 원망과 분노가 어우러지면서 실종자 학부모들 그리고 가족들은 서서히 지쳐가고 있었다.

그렇게 무겁게 흘러가는 날이었다. 그날 아침 문밀동 아침은 잿빛 구름이 감돌고 있었다. 바람도 없이 덮쳐오는 잿빛 구름들, 옥소 어머니는 툇마루에 앉아 낮아진 하늘을 바라보았다. 무겁게 드리워진 잿빛 구름 때문인지 하늘이 무척 낮아 보였다. 동네를 에워싸고 있는 산들도 팔을 뻗으면 닿을 듯이 낮아 보였다.

"아이고…. 별스러워라. 하늘이 기와집 기왓장만큼 내려앉았네. 금방이라도 산을 덮칠 것처럼…"

혼잣말처럼 중얼거리는 옥소 어머니의 눈에는 금방 눈물이 글썽글썽 고였다.

집 앞에 있는 작은 농토를 가꾸며 푸성귀를 팔아 겨우 이어가는 살림살이지만 옥소 어머니는 한 번도 궁색스럽게 굴지는 않았다. 옥소가 예쁘게 커가는 것을 보는 것이 행복이었고 낙이었던 옥소 어머니였다. 자존심이 강하고 심덕이 곧아서 남에게 아쉬운 소리 한마디 안 하고 사는 옥소 어머니였지만 생떼 같은 딸 옥소를 잃었다고 생각하면 금방 미쳐버릴 것 같은 심정이었다. 인물이 반지르하다고 해서 어긋나거나 문란하지도 않은 옥소였다. 외모가 곱상하듯 마음씨도 고왔던 딸 옥소에게 에미는 인생 전부를 걸고 살았는데… 옥소가 죽었다고는 정말 상상도 하고 싶지가 않았다. 스마트 폰이 없어도 불편해하지 않았고 사 달라고 조르지도 않았던 옥소를 생각하면 가슴이 더 아팠다. 살이 에이는 듯 쓰리고 아팠다. 딸과 단둘이 살면서 제대로 된 외식 한번 못했고 그 흔한 치킨이나 피자 한 판 사주지 못했다. 해마다 생일이 돌아오면 먹자던 치킨, 피자를 생일이 돌아와도 먹이지 못했다. 쇠고기 없는 미역국에 흰밥이며 그만이었다. 어쩌다 올라오는 조기 서너 마리에 행복해했던 옥소. 그 옥소가 수학 여행 가는 길에 사고를 당했단다. 죽었을지도 모른단다. 시신마저 찾을 수 없을지 모른단다. 오늘 아침 이 무거운 잿빛구름은 옥소 어머니의 마음 같았다. 일찌감치 세상을 뜬 남편에게 옥소를 잘 키웠다고 자랑이라도 하고 싶었는데 그나마 할 수 없게 된 처지가 밉고 또 미웠다. 옥소 어머니는 짙은 잿빛 구름을 바라보며 흐느꼈다.

시신도 찾을 수 없을 것 같은 안타까움에 옥소 어머니는 목이 멘다. 애가 달았다. 있는 집안처럼 이것저것 다 해주지는 못했지만 애지중지 키운 딸이다. 옥소가 치마폭을 잡고 매달리는 것 같았다. '엄마 치킨도 먹고 싶고 피자도 먹고 싶은데 언제 사줄 거야?' 턱밑에서 응석을 부리는 옥소의 얼굴이 아른거려서 미칠 지경이었다. 옥소가 치마폭을 잡고 늘어지면서 치킨, 피자를 사 달라던 모습이 눈앞에서 아른거렸다.

"그런데… 엄마… 치킨, 피자는 언제 사줄 건데."

"시집가면 신랑이 사 줄 것 아이가…."

"그러면 시집 안 가면 평생 치킨 한 마리 못 먹어 보겠네…."

입을 삐죽거리는 옥소의 모습이 왜 이렇게도 가슴을 파고드는지…. 눈물이 쉴 새 없이 흘러내렸다.

잿빛 구름이 무겁게 가라앉은 낮은 하늘가에서는 어디서 몰려왔는지 모를 까마귀 떼들이 수도 없이 몰려왔다.

"아이고… 웬 까마귀 떼야?"

옥소 어머니는 소스라치게 놀라며 툇마루 끝에서 내려섰다.

"아이고 우짜고… 여기도 까마귀 떼가 법석이네."

현묵이 어머니가 사색을 하며 들어섰다.

"옥소 어머니요!"

"아무래도 이상합니다!"

"까마귀 떼가 이렇게 극성을 부리다니?"

현묵이 어머니의 뒤에서 바짝 따라 들어온 진수, 진애 어머니가 불안한 듯 말했다.

옥소 어머니, 진애, 진수 쌍둥이 어머니 그리고 현묵이 어머니 세 여자들은 약속이나 한 듯 팔을 휘두르며 까마귀 떼를 쫓아내고 있었다.

"워이! 워이! 저리 가라! 저승 갈 사람 없다! 너그 집에 가서 울어라. 워이! 워이!"

옥소 어머니도 마당으로 내려서면서 까마귀를 쫓았다. 눈에서는 눈물이, 목에서는 피 같은 슬픔이 꿀꺽꿀꺽 넘어오는데 옥소 어머니는 까마귀를 쫓으며 그렇게 소리쳤다.

"아닙니다! 형님… 뭔가 심상치가 않습니다! 까마귀가 불길한 징조이긴 하지만 우리에게 더 이상 불길할 게 뭐 있겠습니까? 자식들이 살아 돌아오는 건 포기한 우리가 아닙니까? 하지만 누가 압니까? 오늘쯤이면 우리 아이들이 돌아올 줄 말입니다… 살아서든… 죽어서든 이제 돌아올 때가 되지 않았습니까? 나는 우리 현묵이가 오늘쯤에는 돌아올 것 같습니다. 저 까마귀들이 돌아올 길을 알려

주는 건 아닌가 싶기도 하고요."

산전수전 다 겪은 현묵이 어머니 말이었다. 듣고 보니 그랬다. 자식들이 죽었을지도 모른다는 비보보다 더 큰 비보는 없다.

배를 앓고 낳은 현묵이는 아니었지만 내 자식 이상으로 사랑했던 아들 현묵이었다. 까마귀 떼들이 불길하긴 했지만 더 이상 불길할 게 뭐가 있겠는가? 아이들의 넋이라도 불러들이지 않을까 싶었다. 아니… 저… 까마귀의 무리들이 문밀동 길을 안내해 주었을 거라는 생각이 들었다. 비록 살아서 돌아오지는 못했을지라도 시신이나마 찾을 수 있기를 간절하게 담은 옥소 어머니는 그런 현묵이 어머니가 예뻐 보였다. 배 앓고 낳은 현묵이는 아니지만, 생모 이상의 정을 가지고 키운 현묵이에 대한 사랑이었다.

"그러게… 자네 말이 맞네. … 무슨 소식이라도 들어야제."

옥소 어머니는 진애, 진수 어머니를 돌아보면서도 말했다.

"진수 어머니…. 어서 가 보입시다. 선창에 가서 우리 눈으로 확인해야지요…. 진수, 진애가 왔는지? 현묵이랑 옥소가 왔는지? 문밀동 아이들이 다 왔으면 좋을 텐데…"

옥소 어머니는 한 손으로 현묵이 어머니 손을 잡고 또 한 손으로는 진수, 진애 어머니의 손을 잡았다. 그리곤 그들은 뛰었다.

선창으로… 다행히 동네 입구에서는 남수 아버지의 화물차가 기다리고 있었고 모국이 아버지, 현묵이 아버지 모두 나와 있었다. 은철이 아버지는 시름에 빠진 순구 아버지를 끌다시피 해서 남수 아버지의 화물차 위로 밀어 넣었다. 순구 아버지는 숨소리도 내지 않을 듯이 무겁게 입을 다물고 있었다. 문밀동 사람들이 선창에 도착했을 때에는 해가 어렴풋이 넘어갈 무렵이었다. 문밀동 낮은 하늘과는 달리 노을이 사과 빛으로 발갛게 피고 있었다. 그리고 구조선에서는 연신 시신을 운송하고 있었다. 헬리콥터에서도 몇 명의 시신이 올라왔다. 이미 생존자가 있으리라는 건 포기한 지 오래였다. 시신이나마 찾을 수 있기를 바랐던 실종자 유족들의 긴장감이 팽팽하게 이어지고 있었다. 선착장에서 누군가가 외쳤다.

"아이들이 올라왔습니다. 교복을 입은 학생들입니다."

그 소리에 문밀동 어머니, 아버지는 선창 선착장을 향해 미친 듯이 뛰었다. 억울하고 원통했던 마음도 없이 미친 듯이 뛰었다. '아!' 선창 선착장 위에 나란히 누워있는 시신 일곱 구. 하얀 시트를 벗기자 거기에 아이들은 하얗게 부은 얼굴로 자고 있었다. 교복을 입은 채 자고 있었다.

키가 큰 모국이, 척척박사였던 남수는 모국이의 옷자락을 꼭 잡고 있었다. 스스로를 수색대라고 떠들어대는 현묵이도 말없이 누워있었다. 그리고 진애, 허희, 말숙이, 순심이 그들은 서로를 껴안은 채 자고 있었다. 진애 어머니는 진애에게 다가갔다. 그리고 몸을 무너트리며 울기 시작했고 허희 어머니, 말숙이 아버지, 순심이 어머니도 서로 엉켜서 아이들을 내려다보았다.

"말숙아!"

"순심아!"

"허희야!"

아이들을 불러대는 어머니, 아버지의 목소리는 애달팠지만 아무도 대답하지 않았다. 대답하는 아이는 아무도 없었다.

시신으로 돌아온 자식들의 이름을 불러대며 울음을 터트리는 학부모들. 진애 어머니는 진애를 끌어안은 채 목이 메도록 울어댔다. 교복은 입었지만 하얗게 부어오른 얼굴이 진애 같지 않았다. 살아서 먹고 마시기를 즐기던 진애의 모습은 아니었다. 그게 더 안타까워서 진애 어머니는 목을 놓고 울었다.

선창으로 돌아온 자식들의 시신을 끌어안고 울부짖는 학부모들의 곡소리는 선창을 메우듯 퍼져나갔건만 아직 돌아오지 못한 아이들이 있었다. 진수도 보이지 않았고 옥소도 보이지 않았다. 항상 불만스러운 얼굴로 건들거리는 순구도 보이지 않았다. 어쩌면 순구랑 진수랑 옥소는 살아있는지 모른다. 문밀동 아이들이 이렇게 뭉쳐 있었다면 순구랑 진수랑 옥소는 살아있는 모습으로 선체 어딘가에서 뭉쳐 있을지도 모른다.

진수 어머니는 싸늘한 시신으로 돌아온 진애를 끌어안고 울면서도 돌아오지 않은 진수는 어딘가에서 살아있을 거라는 희망을 품었다. 가난하고 외로웠던 순구 아버지는 오늘도 돌아오지 않은 순구가 어딘가에서 생존해 있을 거라는 희망으로 버티고 있었다. 말없이 조용히 버티고 있었다.

옥소 어머니는 오늘도 돌아오지 않은 옥소를 기다리다 못해 넋을 잃은 채 선창 바닥에 주저앉고 말았다.

문밀동에서 출발한 학생 스물다섯 명 중 생존해서 돌아온 학생은 한 명도 없었다. 스물두 명의 학생들이 싸늘한 시신으로 돌아왔고 세 명이 실종자로 남은 것이다.

끝까지 실종자의 학부모로 남아야 했던 진수 어머니, 옥소 어머니 그리고 순구 아버지. 순구 아버지는 평소 때에도 감정표현을 잘하지 않는 사람이다. 가난한 살림에 아내도 없이 아들을 키우고 있는 순구 아버지는 남자로서도 떳떳하지 못한 자신을 비관하는 것에만 익숙해 있었는지 모를 일이다.

순구 아버지에게 희망이 있다면 아들 순구였다. 아들 순구만이 순구 아버지에겐 유일한 희망이었으며 의지할 수 있는 가족이었다. 이를테면 순구가 아버지를 의지하는 게 아니라 아버지가 순구를 의지하면서 살았던 것이다. 그런 관계로 유지했던 부자지간이었으니 아버지로서 순구에게 해준 게 없었다. 그런 데다 순구는 아버지와는 달랐다. 비록 가난한 집안의 외아들이었지만 자신을 단단히 포장하고 살았던 순구였다.

아버지처럼 주눅 들지 않고, 기가 꺾여 살지 않았다. 단단한 몸이 재산인 듯 어깨를 쭉 펴고 모자를 비스듬히 쓰고는 거들먹거리는 걸음으로 걸었다.

문밀동 또래들과 날마다 어울리지는 않았지만 아무도 순구를 우습게 보거나 깔보지 않았다. 깔보기는커녕 순구의 눈치만 보았던 아이들이었다. 순구 아버지는 아이들에게 우습게 보였을지는 몰라도 순구를 우습게 보는 학생들은 없었다. 오히려 순구를 피했다. 순구에게 찍혀서 시비를 당하거나 쓸데없이 눈엣가시 같은 존재가 되지 않으려 할 정도였다.

거들먹거리는 순구의 속내를 아는 사람은 아무도 없었다. 시신으로도 돌아오지 않은 순구를 보면서 사람들은 순구만은 살아서 돌아올 것이라는 기대를 했다. 비록 아버지는 누구한테도 기를 펴고 살지 못했지만, 순구는 그렇지가 않았던 것이다. 궁색함을 숨기고 외로움을 들키지 않으려 하고 소외감을 떨쳐내며 당당하게 굴었던 순구였기에 순구만은 꼭 살아서 돌아올 것이라고 사람들은 그렇게 기대하고 있었다. 어쩌면 진수도 살아있을지 모른다. 옥소도 살아있을 것 같았다. 그 세 학생은 이번에도 시신이 되어 돌아오지 않았으니까…. 문밀동 사람들은 또 한 번 기대를 걸고 기다렸다. 살아서 돌아올 진수를… 옥소를… 그리고 순구를…. 누구든 누구 한 사람이라도 살아있어 준다면 첨성호 침몰의 산 증언이 될 수 있으니까. 그런 점을 미루어 보더라도 누구 한 사람은 반드시 생존해 있어야 했다. 그 생존자가 세 사람 모두였으면 더 좋았겠지만 그렇지 못하다면 진수, 순구, 옥소 중 한 사람이라도 살아있어주기를 문밀동 학부모들은 기대했다.

첨성호 침몰사고 그 처음부터 끝까지 지켜보았던 증인이 있었으면 하는 바람 때문이다. 생존자들이라면 누구라도 증언해 줄 권리가 있으니까. 그러나 그때까지 생존자가 있다는 소리는 들리지 않았다. 다만 첨성호 침몰사고 이후 문밀동은 어둡고 칙칙한 마을이 되었다. 사람들도 웃음을 잃었고 희망을 잃었고 의기소침한 채 맹목적으로 숨을 쉬는 것 같았다. 더구나 은철이네 집에서 모인 사람들은 웃음기 없는 얼굴로 뭔가를 열심히 만들고 있었다. 은철이 상여 위에 올릴 꽃을 만드는 중이었다.

은철이 아버지는 은철이가 타고 갈 상여를 멋지게 꾸며주고 싶었던 것이다. 문밀동 사람들이 방앗간에 모여 각자 솜씨를 뽐내며 꽃을 만들게 했다. 하얀 꽃으로 은철이의 상여를 화려하게 꾸미고 싶었던 은철이 아버지였다. 은철이 아버지는 밤을 새워가며 꽃을 만들고 있었다. 은철이 상여를 장식할 꽃을 만들면서 문득 은철이가 하던 말이 떠오른다.

은철이는 수학 여행 가는 날 아침에 은근히 아버지를 불렀다. 어머니 모르게 손짓까지 하면서 아버지를 밖으로 불러낸 은철이. 은철이 아버지는 엉거주춤 아들 은철이에게 다가갔다.

"왜? 수학 여행 가서 쓸 용돈이 모자라냐?"

"아닙니다!"

"그라모… 왜? 애비를 밖으로 불러냈노?"

"아부지한테 말해줄 비밀이 있어서요!"

"나한테 말해 줄 비밀이라니? 그게 뭔데…"

은철이 아버지는 기뻤다. 이놈 은철이가 커서 아버지에게 비밀 이야기를 하겠다니? 은근히 기대도 되고 대견스럽기도 했다. 그런데 은철이는 의외로 진지했다.

아버지와 두 걸음 떨어져 서서 아버지를 응시했다. 아들이 아버지를 바라보는 그런 눈빛이 아니었다.

"왜 그래?"

답답해진 아버지가 재촉을 했다. 은철이는 그런 아버지를 보면서 내심 재미있어하기도 했지만 은철이의 표정은 진지했다. 장난기가 발동된 것 같지는 않았다.

"아… 아무것도 아니야!"

"뭔데 그러냐?"

궁금해진 은철이 아버지였다. 은철이는 아버지에게 궁금증을 들게 하고는 한참 동안을 뜸 들였다. 그리곤 물었다.

"우리 아버지가 정말 비밀을 지켜줄까?"

아버지가 믿기지 않는다는 투의 은철이 말에 은철이 아버지는 더 궁금해졌다.

"아들이 비밀이라고 하는데… 아들 비밀을 안 지켜줄 애비가 어디 있노? 무슨 비밀인지 모르겠지만… 비밀 지켜줄 테니까…. 말해 봐라!"

"정말이제? 아부지!"

"그렇다니까."

"정말 비밀 지켜주는 거다…."

"그래! 지켜주마…무슨 비밀이기에 이렇게 뜸을 들여?"

"사실…."

"사실? 사실 뭔데?"

"그렇게 다그치면 내가 말을 못하잖아."

아들이 장난이 심한지는 누구보다도 아버지가 잘 안다. 은철이 아버지는 아들 은철이가 장난이 발동한 거라 여겼다. 이럴 때는 제대로 된 처방이었다. 궁금해 하면서 다그치기보다 역습이 필요했다. 아들을 누구보다도 잘 알고 있는 은철이 아버지의 처방법이다.

은철이 아버지는 획 돌아섰다. 그리곤 짐짓 궁금하지 않은 듯 말했다.

"비밀을 말해주기가 싫은 모양이제…. 나도 별로 듣고 싶지 않다!"

은철이 아버지는 별로 듣고 싶지 않다는 듯 돌아섰고 관심 없는 듯 서너 걸음을 옮겼다. 약효가 나타났다. 은철이가 빠른 어조로 실토했다. 진지하고도 격한 소리였다.

"아부지! 나… 진애 좋아해! 쌍둥이 남매 진애를 엄청 좋아해!"

"엉?"

뜻밖이었다. 아직 아이인 줄 알았던 은철이가 좋아하는 여학생이 있었다니? 쌍둥이 남매 진애라면 은철이 아버지도 잘 알고 있었다. 딸의 행실을 알아보려면 그 어머니를 보라고 하지 않던가? 진수, 진애 어머니라면 여자 대장부 깜냥이다. 활달하고 뚝심 있고 생활력 있는… 쌍둥이 어머니였다. 진수, 진애 어머니의 딸 진애라면 믿어도 좋은 며느릿감이다. 무슨 일을 맡겨도 척척해낼 것 같은 진애다. 우리 은철이가 진애를 좋아하고 있었다니? 내심 반가운 말이었다.

"쌍둥이 남매 진수 동생, 진애 말이냐?"

"응…. 쌍둥이 남매 여동생 진애? 진애가 좋아!"

은철이 얼굴이 빨개지면서 빠르게 발표했다. 은철이 아버지도 이외의 반응을 보였다.

"진애라면 아버지도 좋아 진애가 저그 어머니 닮아서 뚝심도 있고 야무진 데가 있지!"

"며느리 감으로 애비도 마음에 든다!"

"정말이제…"

"그렇다니까…. 진애가 저… 그… 엄마 닮아서 억척스럽고 뚝심이 있으면 우리 방앗간도 맡기면 좋지!"

"아버지!"

은철이는 부들부들 떨리는 소리로 아버지를 불렀다.

"아버지! 나는 우리 색시 방앗간 일 안 시킬 거다!"

"뭐?"

"진애는 방앗간 일 같은 건 못 한다 말이야! 진애는 공부 많이 해서 선생님이 되어야 해. 남해 시에 있는 학교 선생님 말이야!"

은철이는 퉁명한 어조로 말했다. 은철이 색시를 방앗간 일에 묶어 놓으려는 아버지가 미웠다. 아버지에게 진애를 좋아한다고 고백했던 은철이는 좀 후회스럽다는 듯 입술이 뿌루퉁해졌다.

은철이 아버지는 그제야 은철이의 의도가 무엇인지 알았나보다.

"그래서?"

돌아서면서 아들 은철이를 빤히 쳐다보았다. 은철이는 아버지에게 떼쓰듯이 말했다.

"그러니까 진애가 교육대에 가면 학비는 아버지가 대어 달란 말이야? 진애가 선생님 될 때까지…."

"그걸 약속하라는 거냐?"

"그래야 아버지도 며느리가 버는 돈으로 늘그막에 호강하는 거지…. 히! 히!"

"…"

"그렇지만 아직까지는 비밀이야!"

"뭐?"

"진애하고도 의논해보고 진애가 좋다고 하면 알려드릴게요."

은철이는 장난기만 많은 게 아니라 소견도 깊었다. 벌써부터 앞날을 체계적으로 구상하고 있었던 것 같은 은철이가 대견스러웠다.

등에 짊어진 가방을 흔들며 걸어가던 은철이 모습이 눈에 선했다. 은철이 아버지는 상여 꽃을 만들다 말고 자리에서 일어섰다.

"어딜 가시려고요?"

눈에 눈물이 그치지 않는 은철이 어머니는 지아비를 우러러보며 조심스럽게 물었다. 은철이 아버지는 아내에게 말했다.

"우리 은철이를 이대로 보낼 수는 없어요."

"어쩌시려고요?"

"진애 어머니한테 가서 우리 은철이를 대신해서 청혼을 넣으려고요!"

"예?"

놀라는 아내를 뒤로한 채 집에서 나온 은철이 아버지는 진애 어머니가 있는 집으로 향했다.

문밀동에서는 큰 굿 잔치가 벌어졌다. 영혼 혼례라는 굿판이 벌어졌다. 아들 은철이를 대신해서 은철이 아버지가 청혼을 했고 진애 어머니는 진애를 대신해서 그 청혼을 받아들였다. 비록 진애는 살아서 돌아오지 못했지만, 은철이와 함께 꽃상여를 타고 가는 운명이 되었다. 살아서 치르는 혼례였다면 오죽이나 좋았을까. 장난기 넘치는 은철이의 얼굴이 선하게 떠올랐다. 신부가 마음에 들어 싱글벙글 웃으며 좋아할 은철이가 아니었던가. 은철이 아버지는 은철이 모습을 생각하면서 더 피 같은 눈물을 넘기고 있었다. 그러면서도 진애와 함께 영혼 혼례를 치를 수 있게 되어 다행이라고 여겼다. 부모로서 당연히 할 수 있는 일을 했다는 기분도 들었다.

부모로서 당연히 할 수 있는 일이었다. 어린 나이에 억울하고 불쌍하게 죽은 영혼들이 아닌가. 서로를 잘 아는 친구관계이기도 했다. 더구나 은철이가 좋아한다고 고백한 여식이다. 은철이 아버지의 설득에 진애 어머니는 쾌히 승낙했다. 평소 은철이가 진애를 좋아하고 있었다니? 다행한 일인지 모른다.

은철이가 타고 갈 꽃상여가 마련되었다. 진애 어머님이 서운하게 여길 터라 진애의 꽃상여도 만들었다. 은철이의 꽃상여는 하얀 꽃으로만 장식되었지만 진애의 상여는 곱고 화려한 꽃으로 장식되었다.

첨성호 침몰 사고로 희생된 문밀고등학교 학생 은철이와 진애의 꽃상여가 나란히 동네 한 바퀴를 돌았다. 문밀동 사람뿐만 아니라 소식을 접한 첨성호 희생자 유족들이 만사를 제쳐놓고 문밀동까지 찾아왔다.

그리고 이 눈물겨운 혼례를 축하해 주었고 꽃가마 대신 꽃상여를 타고 떠나는 어린 신부, 어린 신랑의 긴 여정 저승길을 배웅해 주었다. 꽃상여를 떠나보내면서 울지 않았던 사람이 없었고 슬퍼하지 않았던 사람이 없었다.

은철이 아버지는 상여 뒤를 따라가면서도 아들 은철이를 목이 메도록 불러댔다.

"은철아!"

"…."

"아버지가 잘했제…."

"…."

"진애는 은철이 길동무가 되고 은철이 니는 진애 길동무가 되어 오순도순 이야기 나누며 가거라. 심심하지 않게 말동무 해가며 가거라!"

진애와 함께 나란히 꽃상여를 타고 가는 은철이를 보면서 은철이 아버지는 길게 숨을 내쉬었다

은철이에게 해줄 수 있는 것은 다 해주었다. 은철이에게 부끄럽지 않은 애비가 되었다. 훗날 저승에 가서도 다시 은철이 아버지가 되고 싶은 은철이 아버지였다.

상여 뒤를 따라가는 조문객의 행렬은 끝이 보이지 않을 정도였다. 첨성호 침몰사고로 희생된 문밀고등학교 학생의 첫 장례였으며 또 두 번 다시 볼 수 없는 영혼 혼례이기도 했다.

꽃상여는 어린 신부, 어린 신랑을 태우고 먼 저승길을 향해 첫발을 내딛고 있었다. 청명한 하늘빛을 받으며…

8

모구리 천종배

물속에 가라앉는 첨성호 선체 안에서 시신들이 하나둘 나왔고 아직도 시신이 남아있다는 정보가 있었다. 좌초가 되었을 때에도 선체 안에 있던 시신들을 모두 찾아서 육지에 올렸다는 기록도 있다고 했다. 통영 해안가에 살고 있는 천모구리라 불리는 사람이었다. 이름이 천종배였는데 사람들은 천모구리라고 불렀고 천모구리라고 하면 모르는 사람이 없을 정도란다. 그 천모구리가 첨성호 침몰 사고처리반으로 직접 찾아왔고 궁여지책으로 마지막 잠수인으로 투입된 사람이 되었다.

　심지어는 선체 안에 살아있다는 사람도 있다는 소문도 떠돌았다. 물론 그 말을 믿을 수는 없었다. 침몰사고가 난 지는 벌써 많은 날이 지났고… 죽은 사람의 시신도 어느 정도 인양된 즈음이었다. 그때까지 선체 안에서 사람이 살아 있을 거라고는 아무도 믿지 않았다. 시신도 어느 정도 인양된 즈음이어서 사실상 인양작업을 마무리할 단계였다. 그런데 그 마무리 작업을 자신이 하겠다고 나선 사람이 있었으니 국내에서 소문난 일급 모구리 천종배였다. 처음 첨성호 사고가 일어났을 때에는 잠수 일을 일언지하에 거절했던 천종배였다. 어마어마한 희생자가 있을 것을 예감했기 때문이었다. 그 많은 희생자들을 끌어내는 작업 자체가 참혹스러웠던 것이다. 그러나 끝까지 인양되지 못한 시신이 있다면 그것은 슬픈 일이다. 인양할 수 있는 시신을 인양 못 한다면 유가족들에게도 죄스러운 일이다. 첨성호 침몰 때문에 그런 슬픔을 당하게 할 수는 없었다. 또 더 죄스런 일을 범할 수도 없었다. 모구리 천종배는 그런 점을 짚었고 그래서 후속 작업은 자신이 하겠다고 나선 것이다. 작업 지시가 떨어졌지만, 사람들은 더 이상 생존자도 없을 거고 더 이상의 시신도 없을 거라고 단정했다.

물론 사람들은 기대하지 않았다. 아직 찾지 못한 시신은 찾을 수 있을런지 모르지만 산 사람을 구해 온다는 건 믿기지 않았다. 여태껏 선체 안에서 사람이 살아있을 거라고 믿지 않았다.

그런데 물에 잠긴 선체 어디에선가는 아직 살아있는 사람이 있다는 말이 입에서 입으로 전해지고 그 소문은 탄탄하게 퍼지고 있었다. 누구의 입에서 터져 나온 소문인지는 모르지만, 선체 안에 살아있는 사람이 있다는데 잠수인을 보내지 않는다면 그것이야말로 또 한 번의 실수가 될 것이고 비인간적이며 인도적인 차원에서 용서받을 수 없는 죄가 될 것이다. 선체 안에⋯ 물에 잠긴 선체 안에 산 사람이 있다는 소문이 퍼지고 있는데 모른 척할 수 없었다. 선체 안에 살아있는 사람이 있는데 그럴 리가 없다면서 묵인할 수는 없었다. 실낱같은 희망을 걸고 잠수인을 보내기로 했다. 모구리 천종배를 마지막 잠수인으로 첨성호에 투입하기로 결정한 것이다.

천종배 잠수인은 망설이지 않았다. 그 일을 자신이 하겠다고 했다. 자신과 함께 잠수하는 몇몇 잠수부들과 함께 구조작업을 하겠다고 하였다. 다행히 날씨는 쾌청하고 바람이 없는 날 구조선 한 대가 첨성호 침몰사고가 있었던 현장을 향해 뱃머리를 돌렸다. 다행히도 날은 청명했고 작은 바람조차 없는 날씨였다. 잠수인 천종배는 팀원들과 구조선을 탔다. 잠수인 천종배를 태운 구조선이 첨성호가 침몰된 현장을 향해 천천히 뱃머리를 돌렸다.

커다란 뱃머리만 처들고 선체는 물속에 잠겨 있는 장소에 도착하였다. 물속에 잠겨 보이지 않았지만, 왠지 소름 끼치도록 섬뜩한 느낌이었다. 천종배는 구조선에 구명줄을 걸고 물속으로 잠수를 시작했다. 다른 잠수부들이 천종배의 뒤를 따랐다. 몸놀림이 능수능란했다. 망설임이나 무서워하는 기색은 없었다.

잠수인 천종배가 기울어진 선체 안으로 들어선 건 오후 3시경. 맑은 햇살이 강렬하게 퍼지고 있을 때였다.

첨성호가 침몰된 지도 벌써 여러 날이 지났다. 선체 안으로 들어간다는 것조차 무섭고 두려운 일이었다. 수없이 드나들었던 선체에서 시신을 건져내고 아직도 남아있을 시신을 찾아야 하는, 그런 선체에 발을 들여놓기도 쉽지 않을 터인데 천종배 잠수인은 그런 것들을 전혀 의식하지 않는 듯했다.

천종배 잠수인은 첨성호 침몰사건과는 아무런 상관없는 사람이었다. 그러나 수학 여행을 떠났던 학생들이 탄 첨성호였다. 사고 직전에 구조되지 못했던 관계로 수없이 희생된 학생들, 어린 학생들이 차디찬 시신이 되어 돌아오는 처참한 현실 앞에서 더 이상 망설일 수 없다는 직업적인 정의감이 발동한 것이다. 단지 그 이유뿐이었다.

아직 남아있을 시신 그리고 아직 살아있을지도 모를 사람의 목숨을 구해줄 수 있다면 망설일 수가 없었던 것이었다. 잠수인의 한 사람으로서 단연히 실천할 일이라고 천종배 잠수인은 결심한 것이다. 스스로 자진해서 이 일을 하겠다고 나선 천종배 잠수인은 의무적으로 책임감으로 도덕심으로 첨성호 선체를 한 발 한 발 밟기 시작했다.

선체는 한 척의 여객선이라기보다 전쟁에서 포격을 받은 배 같이 변해있었다. 부서지고, 무너지고, 쪼개진 것들이 쓰레기장처럼 늘어져 있었고 물도 탁해서 앞이 잘 보이지 않았다.

물은 얼음장처럼 차가웠고 발 디딜 틈도 없이 물이 화물과 함께 뒤엉켜 있었다. 천종배 잠수인은 동료 잠수부들을 멈추게 하고는 천천히 물속으로 들어갔다.

철근과 철근끼리 쌓여있는 틈에서 몸을 제대로 펴지도 못한 시신 한 구를 발견한 건 선체에 올라간 지 불과 몇십 분 후였다.

"시신을 찾았습니다."

천종배 잠수인은 선체 위를 향해 소리쳤고 동료 잠수부들이 달려왔다. 그리고 시신 인수 작업이 시작되었다.

천종배 잠수인은 넘실거리는 물을 무서워하지 않고 물에 잠긴 선체 안을 구석구석 살폈다. 물에 젖은 대로 가라앉은 짐이 쌓인 곳에도 뾰족한 철 막대기가 엉성엉성 덮여 있는 곳에도. 온갖 잡동사니가 얽혀있는 더미 속에도 가리지 않고 들추어 보았고 뒤집어 보았다. 시신은 눈에 뜨이지 않은 곳에서 나왔다. 잠수부들의 눈길이 닿지 않을 것 같은 곳을 집중적으로 조사하는 잠수인 천종배는 정말 능수능란했다. 두렵거나 무서워하는 빛없이 자연스럽게 시신을 찾아내었다.

물속에서 얼마나 버티고 있었을까? 몇 구의 시신을 올리고 나서야 힘의 한계를 느꼈던지 천종배는 손을 들어 올렸다. 작업을 끝내자는 제스처였다. 선체 바닥이 거꾸로 처박힌 선체 안에는 휘어진 선체 난간과 부서진 객실에서 터져 나온 잡동사니가 징검다리처럼 드문드문 놓였다. 천종배는 선체에서 부서진 잡동사니를 밟아가며 천천히 선체 난간으로 발을 옮겼다. 선채 난간은 상당히 큰 에어포켓이 형성되어 있어 공기가 남아 있었다. 천종배는 에어포켓에서 잠수용 헬멧을 벗었다. 산소가 부족한 듯했지만 숨을 쉬는 데는 큰 어려움은 없었다. 그리고 두어 발자국 옮겼을까? 그런데 희미하게 들리는 신음이 있었다. 순간 귀를 의심했다. 분명 사람의 신음이었다. 너무나 가늘고 짧아서 사람의 신음이라고는 쉽게 판단이 들지 않았지만 귀를 기울여보면 희미하게⋯ 아주 희미하게 들렸다. 숨 소리 같기도 했다. 의식적으로 뿜어내는 신음이 아니라 의식을 잃은 상태에서 이루어지는 호흡 소리 같았다. 잠수인 천종배는 발을 멈추었다.

위에서는 작업자들이 소리쳤다.

"뭐 합니까? 날도 어두워지고 있는데⋯"

"⋯"

"빨리 철수해야지요!"

"가만… 가만…."

천종배 잠수인은 다른 작업자를 향해 손짓을 해 보였다. 기다려
달라는 신호를 보내고 다시 몸을 비틀었다. 아래를 향해 발을 내디
뎠다. 그리고 주위를 두리번거렸지만, 아무것도 보이지 않았다.

"내가 잘못 들었나?"

고개를 갸우뚱거리며 아래쪽을 살폈지만, 아무것도 없었다. 포개
진 철근이나 짐더미 위에도 아무것도 없었다.

"사람의 신음이라니?"

"…"

"내가 너무 예민해진 모양이야!"

천종배는 혼잣말처럼 중얼거리며 다시 한 발자국 위를 향해 발
을 옮겼다. 그 순간 뭔가 천종배 잠수인 눈앞으로 뭔가가 툭 떨어
졌다. 놀랍게도 사람의 팔이었다. 사람의 팔이 빔과 나무 판넬 사
이에서 사람의 팔이 삐져나온 것이다. 그렇게 담력 있고 용기 있는
천종배 잠수인도 놀랄 자빠질 뻔했다.

그리고 자세히 바라보니 사람의 팔이었다. 천종배는 조심스럽게
팔을 잡아 보았다. 잠수 장갑을 낀 손으로 살아있는 사람의 손이라
는 것을 직감할 수 있었다. 팔이 굳어 있지 않았다. 천종배 잠수인
은 고개를 쳐들었다. 얼기설기 엉켜진 철사줄과 몸체가 부서진 빔
조각이 엉켜있었다. 온갖 잡동사니 위에는 문짝만한 나무 판넬들
이 엉켜 늘어져있었다. 그 사이 틈에 사람 하나가 엎드려 있는 것
이 눈에 들어왔다. 천종배는 자기의 눈을 의심했다. 거기에 사람이

있을 거라고는 믿어지지 않았다. 그러나 분명 사람이었다. 팔에서는 얇은 온기마저 느껴지는 듯했다. 분명 숨이 끊어지지 않은 사람임이 틀림없었다. 본능적으로 인기척을 느끼자 손을 떨어뜨려 자신의 위치를 알렸던 게 아닐까.

천종배는 동료 잠수부들을 향해 소리쳤다.

"여기 생존자가 있어! 살아있는 사람이오!"

천종배의 그 소리에는 힘이 넘쳐흘렀다. 살아있는 사람이 있다는 입소문은 거짓말이 아니었던 것이다. 소문의 실체는 어찌 시작되었는지 모르지만, 선체가 가라앉은 지가 언제인데 여태 살아있는 사람이 있다니? 천종배도 자신의 눈을 의심할 정도였다. '아?' 가늘고 앳된 신음이 환청은 아니었구나 싶었다. 힘없이 늘어진 팔이 아니었더라면 그냥 지나칠 뻔했다.

천종배는 발을 디딜 만한 곳이라면 조심스럽게 딛고 올라서 그 사람을 확인했다. 발밑에서 우지직 소리를 내며 무너지기라도 한다면 천종배 자신도 물속으로 거꾸로 처박힐 판이었다. 그러나 선체 천장 가까운 곳에서 널빤지 하나에 몸을 의지하고 엎드려 있는 사람을 눈으로 확인하고 손으로 만져서 확인해야만 했다. 살아있음을 두 눈으로 확인해야 했다.

천종배 잠수인은 두 다리에 힘을 모았다. 물속에서 버틸 수 있는 데까지 버티고 목을 길게 늘어트렸다. 그리고 널빤지에 엎드려 있는 사람의 입 가까이 귀를 기울여 보았고 목덜미를 만져서 숨이 붙어있는 것을 확인했다. 엎드려 있는 사람에게서는 가느다랗게 숨소리도 들렸고 귀와 목에서도 온기가 느껴졌다. 살아있는 것이 확실했다. 이 사람은 살아있었다. 이 조그마한 널빤지에 의지해서 살아 있었다고는 믿기지 않았지만 분명 살아있었다.

"살아있는 사람이 맞아요! 살아있어요. 숨을 쉬고 있어요."

천종배의 다급한 소리에 잠수부들이 웅성거리기 시작했고 작업 자들은 두 줄로 서서 연결끈을 만들었다. 그리고 조심스럽게 너무 도 조심스럽게 장비를 내려보냈다. 위에서 내려오는 장비. 그리고 들것이 천천히 내려왔다. 천종배는 지금 이 순간이 저 사람에게 얼 마나 중요한 순간인지를 잘 안다. 저 널빤지에 엎드려서 공포의 시 간을 보내야 했을 저 사람에겐 사느냐 죽느냐의 기로의 순간이었 다. 천종배는 조심스럽고도 조심스럽게 움직였다. 긴장감으로 입은 바짝바짝 타들어가고 있었다.

"조심!"

"조심!"

스스로에게 외치며 들것을 밀어붙였다. 그리고 널빤지에 누워있 는 사람을 한 손으로 밀듯이 하여 들것에 옮겼다. 그리고는 보온 을 위한 슈트를 입히고, 잠수용 헬멧을 씌웠다. 산소 레버를 틀어 호흡을 할 수 있도록 직접 점검하였다. 이동 중에 호흡의 장애라도 올까 걱정이 되었다.

마지막으로 작업자에게 또 소리쳤다.

"들것이 올라갑니다!"

"살아있는 사람이 타고 있습니다!"

"조심! 조심!"

천종배의 목소리는 조심, 그 자체의 조심스러움이었다.

천종배는 들것을 밑에서부터 밀어 올렸고 천종배를 돕던 작업인들은 올라오는 들것을 조심스럽게 잡아 올렸다. 들것에 올려진 사람은 가슴이 오르내렸다. 숨을 쉬고 있었다. 살아있었다. 놀랍게도 십칠팔 세로 보이는 청년이었다. 아니… 입고 있는 흰 상의는 문밀고등학교 학생 교복 와이셔츠임이 틀림없었다. 누군가 외쳤다.

"학생이다!"

"남학생이다!"

"남학생 한사람이 생존해 있다!"

작업자들도 소리쳤다. 들것을 운반하는 사람들은 조심스러웠고 숨을 내쉴 수 없을 정도로 긴장되고 긴장되었다.

들것에 눕혀진 청년! 문밀고등학교 학생임이 분명한 이 남학생은 아직 의식을 잃은 상태였지만 분명 숨을 쉬고 있었다. 작고 가느다란 숨소리였지만 생존한 사람의 값진 숨소리임이 틀림없었다. 보온을 위해 시트를 덮고 얼굴에는 아직 남아있는 햇볕을 차단하기 위한 엷은 덮개를 따로 씌웠다. 그리고 구조선까지 무사히 옮겼다. 구조선에 도착하자마자 생존자에 대한 응급조치가 이루어졌다.

천종배는 생존자를 바라보면서 이 어린 남학생이 살아있음을 감사했고 잠수인이라는 자신의 직업에도 감사했다. 모두 하나같이 더 이상의 생존자는 없을 거라는 결론에도 불구하고 자진해서 이 작업에 참석했음에 감사했다.

단 한 사람의 생명을… 귀한… 목숨을 살려냈다는 자부심으로 구조선에 앉아있는 잠수인 천종배! 그리고 들것에 누워있는 생존자를 찾아 구조선에 오른 모구리 천종배는 뿌듯함을 느꼈다.

생존자는 헬기로 바로 병원으로 이송되었다. 생존자가 입원한 병원에는 각 취재진이 몰려들었고 정계, 재계 할 것 없이 이름을 떨치던 사람들도 병원으로 찾아왔다. 생존자의 입에서 사실을 듣고 싶어 하는 사람들이었다. 첨성호 침몰 과정을 듣고 싶어 했고 침몰 직후의 선체 상황도 듣고 싶어 했을 것이다.

그러나 병원 측의 철저한 감시로 생존자와 취재진의 만남은 이루어지지 않았다. 정계, 재계의 높은 분들과의 만남도 이루어지지 않았다. 생존자는 병원 측의 철통 같은 보호를 받으며 누구의 면회도 허락하지 않았다. 십여 일을 물에 잠긴 선체에서 갇혀있었던 사람이었다. 의식을 잃기 전까지 물속에서 죽어가는 사람을 보았을 테고 밀려오는 물살에 아무 저항 없이 떠밀려가는 사람들도 보았을 것이다. 그리고 스스로도 저렇게 죽을 수 있다는 공포감을 느끼며 사람으로서는 견딜 수 없는 공포의 순간순간을 겪었을 생존자였다.

우선 심리적으로 안정이 필요했고 건강상태를 파악해야 했으며 무엇보다 정상적인 정신을 유지하고 있는지도 알아보아야 했다. 그 모든 체크를 끝내고 생존자의 마음이 안정되었을 때에만 면회가 허락되었고 인터뷰도 허락되는 것이다.

생존자의 이름과 나이와 주소는 아직 미발표였다. 생존자가 의식을 차리고 병원에서 측정하는 검사가 끝나야만 알게 될 상황이었다. 밖에서는 사람들이 웅성거렸고 취재진들은 병원 복도에서 장사진을 이루고 있었다. 정계, 재계의 높은 사람들은 언제부터 이렇게 한가했는지 생존자의 병실을 뻔질나게 드나들었다. 모두를 잃고 난 지금 생존자로 살아온 학생 한 명에게 국민의 관심도 컸다. 일반 승객이 아니라 학생이라고 하지 않는가. 열여덟 살의 어린 남학생이 천장에 걸쳐 있는 널빤지에 의지한 채 살아있었다는 건 살려고 했던 의지만으로 가능한 일은 아니었을 것이다.

기적이 아니라면 누군가의 도움이 필요했을 것이다. 취재진도 그런 것을 중점적으로 취재하고 싶었는지 모를 일이다. 모든 사람들의 궁금증이기도 했으니까. 모든 사람들의 관심사이기도 했으니까.

시간이 흘렀다. 생존자가 의식을 찾고 있다는 소식이 조금씩 새어 나왔다. 건강을 찾아가고 있다는 소리도 들렸다. 병원 측에서 조금씩 알려주는 뉴스거리였다. 그런 뉴스가 터질 때마다 병원 안에서… 병원 밖에서… 사람들의 함성이 터졌다. 더구나 아직 신원이 밝혀지지 않은 상태여서 실종자 학부모들은 피 말리는 시간을 보내면서 신원이 밝혀지기를 기다렸다.

생존자가 일반 승객은 아니라고 했다. 문밀고등학교 교복 속에 입고 다니는 속 남방이라는 점. 그리고 남학생이라는 점. 그것이 알려진 것 전부였다. 생존자의 신원에 대해서는 거기까지였다.

실종자 학부모들에겐 그만한 신원파악으로도 가슴이 뛰었다 떨리기도 했다. 남학생이라는 사실도 밝혀졌다. 이만하면 내 아들일 수도 있겠구나 싶어 기대하는 학부모들은 가슴이 떨리고 심장이 뛸 만도 했다.

그렇게 얼마를 지냈을까? 저녁 늦게… 아주 늦은 시간에 병원 측에서 신원조회를 끝냈고 건강상태를 끝내고 비로소 병원 병실 문이 열리면서 담당 의사 선생이 나왔다. 의사 선생은 병원 마당에서 진을 치고 있는 유가족과 그리고 실종자의 가족들을 향해 외쳤다.

"김진수 부모님 계십니까?"

의사 선생의 입에서 '김진수'라는 이름이 터져 나왔다. 사람들은 눈을 휘둥그레 뜨고 의사 선생님의 입을 주시하고 있었다. 의사 선생님의 입이 다시 열렸다.

"동명이인일 수 있으니까… 학교, 학반, 나이, 이름을 발표합니다. 첨성호 침몰 선체에서 구출된 학생은 문밀고등학교 2학년 2반 김진수 학생입니다. 나이는 열여덟, 생년월일은?"

의사 선생님의 말이 채 끝나기도 전이었다.

"제 아들입니다! 제 아들 진수입니다!"

진수, 진애 어머니가 억센 억양으로 소리치며 사람들을 헤치며 앞으로 튀어나왔다. 총알처럼 튀어나왔다. 사람들을 헤치며 쫓아나오는 진수 어머니. 진수 어머니는 의사 앞으로 허둥대면 섰다.

"내 아들입니다! 김진수는 내 아들입니다."

진수 어머니는 내 아들이라는 말을 수없이 읊조렸다. 아니… 목청을 긁어대는 소리로 외쳤다. 신명 나서 소리쳤다. 문밀동 사람들이 환호성을 질렀다. 자신의 아들이 돌아온 것처럼 기뻐하면서 환호했다.

"예! 맞습니다! 김진수는 저분의 아들입니다."

문밀동 사람들이 합창하듯 외쳤다. 그 순간에는 문밀동 학부모 모두가 진수의 어머니였고 아버지였다. 진수가 살아서 돌아온 것이다. 모구리 천종배에 의해서 천명으로 되살아온 듯한 사람은 문밀동 문밀고등학교 이학년 김진수였다.

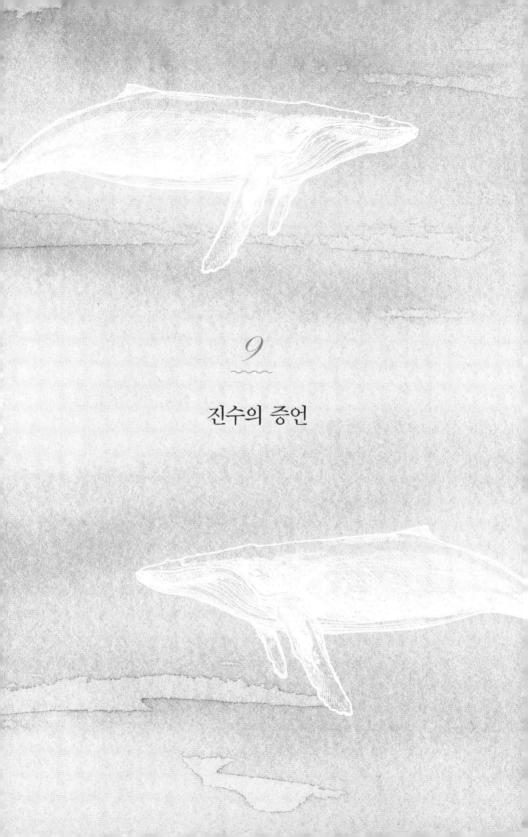

9

진수의 증언

생존자 김진수.

신문마다 지면을 채웠고 진수가 원했든, 원하지 않았든 TV나 언론에도 공개되었다. 그러나 주요한 건 진수의 입에서는 아무 말도 들을 수가 없었다는 것이다. 진수는 침묵으로 일관했다. 취재진들의 질문에도 단 한마디의 대답도 하지 않았다. 진수는 첨성호 선체에서 충분히 겪었다. 우왕좌왕하는 사람들, 무질서와 혼란, 생존이라는 커다란 희망과 죽음에 직면했든 그 많은 순간순간들은 열여덟 나이로 감당하기에는 너무나 큰 충격이었고 너무나 무서웠던 경험이었다. 수백 명이 승선한 여객선이 바다 한가운데에서 침몰되었고, 승선한 수백 명의 사람을 태운 여객선이 바다 깊은 곳으로 기울어지고 침몰되어 가는데도 구조선 한 대 오지 않았던 그 처참한 순간들을 열여덟 살 진수는 온몸으로 겪었다. 죽음과 삶의 갈림길에서 공포를 느꼈던 사람들의 그 절박하고 처절했던 모습을 보았다. 결코 진수의 머릿속에서 사라질 수 없는 현실을 몸으로 겪었다. 생존자로 살아온 진수에게 무슨 말을 듣고 싶어서 이렇게 많은 취재진이 밀려오고 기자들과 언론들이 몰려오는지 모를 일이었다. 설마 진수가 첨성호 선체에서 겪었던 그 지옥 같은 일은 상기시키려고 하는 건 아닐 거라 생각했다. 취재진이나 언론들에게 구태여 말하지 않아도 진수의 머릿속에는 첨성호 선체에서의 그 지옥 같은 사실들이 뼛속까지 파고들어 새겨져 있는데… 그래서… 더… 끔찍스러운데, 입으로 그때의 상황을 설명하고 싶지는 않았다.

배가 침몰되면서 사람들은 죽음을 예감했고 공포를 느끼면서 스마트 폰에 목숨을 걸어 놓은 것처럼 여기저기에 전화를 했다. 가족들과 친척들에게도 했을 테고 해당 부서 나 기관에도 했을 거고 지푸라기라도 잡는 심정으로 얼마나 많은 숫자를 두드렸을까. 그 절박한 순간의 숫자들이 전해지지 않을 리 없건만은 기다리는 구조선도 없었고 절박한 사람들의 희망이 되어줄 답변도 없었다. 그리고 사람들은 선체에 갇힌 채 죽어갔고 물에 휩쓸려서 죽어갔다. 물속에서 살려달라고 발버둥 치다가 죽어갔다. 그 절박했던 사람들의 생명은 꺼졌고 다시 살아 돌아올 수 없는 죽음으로 내몰렸다. 생존자가 되어 돌아온 단 한 사람에게 무엇을 기대하며 취재진이 몰리고 언론인들이 밀려오는지 모를 일이었다. 문밀동 학생이라도 살려 보겠다고 기울어진 선체 바닥으로 올라가시던 교감선생의 참뜻을 이 사람들이 조금이라도 헤아려 주었다면 그렇게 늦장 대처는 하지 않았을 것이다. 침몰된 선체 안에서 죽어가는 사람들을 조금이라도 생각했다면 교감선생님의 그 기발한 아이디어라도 생각해 냈을 것이다. 교감선생님은 한 학생이라도 살리고 싶은 생각에 좀 더 높은 곳에 올라가서 구원을 청했고 구조선을 보내달라고 외쳤다. 교감선생님의 그런 열정, 교감선생님의 그런 생명을 중요시하는 마음이 전달되었다면 어디에서 보냈든 구조선 몇 대가 득달같이 달려왔을 것이다. 그러나 땅 위에서는 아무도 교감선생님과 같은 절박함이 없었을 것이다. 진수는 그것이 더 슬펐다.

뱀 대가리처럼 처올려진 선체 밑바닥이 얼마나 미끄럽고 얼마나 위험했는지를 교감선생이 모를 리 없었다. 그 위험한 곳에 올라서라도 여객선이 침몰되었다는 것을 알리고 싶었던 교감선생님의 마음이 한두 사람에게라도 있었다면 생존자는 더 있었을 것이다. 살고 싶은 사람과 살리고 싶은 사람의 마음이 절실했으면 하늘도 감동했을지 모를 일이다. 그러나 하늘을 감동시킬 사람은 땅 위에서 없었던 것이다. 첨성호 참사는 분명 인재였다. 그러나 그 사고의 원인과 사고를 자책한 여러 가지의 이유는 반드시 있을 것이다. 생존자 한 사람에게 이렇게 몰려드는 취재진이며 언론인들이 입을 모아 외쳐야 할 것은 사고의 원인과 사고가 나야 했던 이유를 밝혀낼 힘이 되어 주어야 했다. 그리고 여러 가지의 이유로 늦어진 구조선에 대해서도 설명이 필요했고 인명을 구하는 일보다 더 시급했던 것이 무엇이었는지 밝혀야 할 의무가 있었다. 살아서 돌아온 진수는 그런 것이 밝혀지기를 간절히 바랐다. 자신을 살려 보낸 신의 뜻이 그것이라 믿었다. 더군다나 여객선 안에서 살인사건도 있었다. 승선하는 사람들의 신원조회도 없었다는 게 이해가 되지 않았다. 화물칸에 적재되어 있는 짐이며 갖가지 물품들의 내용물도 파악하지 않는다는 것도 이해할 수 없는 일이다. 적어도 어떤 손님의 어떤 물건을 실었는지는 파악되어야 하는 게 아닌가? 그렇게라도 했다면 순구와 같은 죽음은 없었을 것이 아닌가. 진수는 피를 쏟아내며 죽어가던 순구의 마지막 모습이 떠오른 순간 목이 메도록 넘어오는 눈물을 주체할 수 없었다. 진수는 더듬거리듯 중얼거렸다.

"제… 친구… 순구는 칼침에 맞아 죽었습니다! 첨성호 여객선에는 살인자도 있었습니다."

진수의 입에서 터진 그 한 마디에 취재진과 언론인 그리고 그 자리에 모였든 사람들은 경악하고 말았다. 여객선에 살인자가 있었다니? 침몰된 선체 안에서 칼침을 맞고 죽은 학생이 있었다니?

너무나 충격적인 발언이었다. 사실이라면 경악스러운 일이었다. 어떻게 침몰된 여객선 안에서 살인이 벌어질 수 있단 말인가, 경악스러움에 웅성거리는 사람들을 향해 진수는 소리쳤다.

"나는 살아서 돌아온 게 기쁘지 않습니다. 친구들 모두를 잃고 혼자 살아있다는 이 기분은 소름 끼치는 일입니다. 첨성호 사고에 희생된 친구들을 떠올리면 더욱 더 그렇습니다. 그러나 여러분들은 생존자 한 사람에게 들어야 할 이야기보다는 첨성호 여객선이 어떻게 해서 침몰되었고 침몰된 원인이 무엇이었으며 구조선을 띄우는 데도 왜 그렇게 시간이 걸렸는지 그 이유를 캐는 것이 취재진이나 언론인들이 해야 할 일인 것 같습니다. 그 이유들을 밝히는 게 시급한 일입니다. 그래야만 첨성호 사고로 희생된 사람들. 내 친구들이 위로가 될 거라고 생각합니다."

진수는 또박또박 말투로 힘주어 말했다. 이것이 진수가 살아있어야 할 이유였다. 순구가 칼침을 맞고 죽었을 때 문밀동 친구들은 안전한 곳에 안주하지 않았고 모두 스스로 뛰어내렸다. 물이 차오르는 객실이 얼마나 위험한지도 알고 있으면서도 선체 바닥으로 뛰어내리면 물살에 휩쓸려 죽을지도 모른다는 것을 알면서도 문밀동 친구들은 모두 뛰어내렸다. 칼침을 맞고 죽어간 순구를 그냥 보낼 수 없어 우정과 눈물을 보탠 것이었다. 그것이 문밀동 친구들의 마음이었다. 순구의 죽음을 애도하고 싶어서 그들 문밀동 친구들은 죽을지도 모르는 위험한 상황인데도 그 안전한 곳에서 뛰어내렸던 것이다. 그런 친구들에게 진수가 할 수 있는 일은 이 사람들에게서나마 첨성호 사고의 원인을 밝혀달라고 말하는 것뿐이었다. 취재진이나 언론인들은 그들의 눈과 입이 가는 곳이라면 무엇이든 캐내리라는 것을 진수는 알고 있었다. 아니 그렇게 믿고 싶었다. 첨성호 사고의 원인과 이유가 밝혀질 것을 굳게 믿고 싶었다.

병원 건물 유리창으로 햇살이 비치고 있었다. 진수는 햇살을 타고 문밀동 친구들이 내려다보고 있을지 모른다고 생각했다. 진수에게 참 잘했다고 칭찬을 하고 있는지도 모른다고 생각했다. 김원주 선생님은 햇살 속 멀찌감치 서서 진수를 바라보며 미소를 지으시는 것 같았다. 어쩌면 김원주 선생님이 살아계셨으면 진수처럼 했을 거라고 말해주는 것 같았다. 김원주 선생님은 비록 여자였지만 활달했고 명쾌한 성품이셨다. 교감선생의 뜻을 받들어 아이들과 승객들을 구하는데 몸을 아끼지 않았고 아이들 하나하나에게 따뜻했던 선생님이셨다. 김원주 선생님의 마지막 모습은 숭고한 정신의 행동이었다. 학생들을 사랑했기 때문에 학생들을 위해 희생할 수 있었던 것이다. 순구가 그렇게 죽고 아이들이 순구를 보내면서 오열하고 있을 때 물은 그들의 키를 넘게 차올랐다. 김원주 선생님이 소리쳤다.

"어서 피해! 물이 없는 곳이라면 어디든지 좋으니까 빨리 피해! 한 사람이라도 살기 위해서는 친구들의 손을 놓아도 좋고… 서로 흩어져도 좋아!"

그러나 문밀동 아이들은 아무도 서로에게서 떨어지려고 하지 않았다. 잡고 있는 짝꿍들의 손을 놓치지 않았고 붙어있는 친구들에게서 떨어지지 않았다. 물은 이미 3등 객실에 한강을 이루고 있었다. 객실에서 빨리 빠져나가야만 했다. 물에 잠긴 계단을 밟아야만 그래도 밖으로 나갈 수 있는데 계단은 물에 잠겼고 발을 딛기에도 어려울 만큼 물이 출렁거렸다. 김원주 선생님은 문밀동 아이들 하나하나 손을 잡아주며 계단을 밟게 했고 물이 조금이라도 덜 고인 밖으로 아이들을 내보내고 있었다. 그러나 그것도 여의치 않았다. 물은 쉴새 없이 객실 안으로 쏟아져 들어오고 있었다. 계단을 밟고 입구로 나가기에는 시간이 너무 촉박했다.

김원주 선생님의 선택은 객실에 붙어있는 둥근 유리창이었다. 객실 안에 있는 아이들을 밖으로 내어 보내기 위한 최후의 선택이었다. 김원주 선생님은 온몸으로 둥근 유리창을 밀었다. 물속에서 주먹질을 하고 발차기도 하던 김원주 선생은 이미 여자의 모습이 아니었다. 키 큰 모국이가 달려갔고 김원주 선생님처럼 주먹질을 하고 발차기를 했다. 김원주 선생님과는 비교도 안 되는 힘이었다. 둥근 유리창이 삐걱거리며 열렸다. 출입구가 생긴 것이다. 김원주 선생님은 둥근 유리창이 열린 공간으로 모국이를 밀어 넣었다.

"모국아! 너 먼저… 나가… 그리고 선생님이 아이들을 내어 보낼 테니 아이들 손을 잡고 밖으로… 좀 더 물이 차지 않은 곳으로 가게 해!"

"예! 선생님!"

김원주 선생님은 아이들 하나하나를 둥근 유리창이 열린 공간으로 밀었다. 그리고 모국이는 밖으로 나오도록 도왔다. 그렇게 한 사람 한 사람 객실에서 빠져나왔다… 객실 밖에는 그래도 발 디딜 공간이 있었다. 옥소와 진애를 마지막으로 열린 공간으로 밀어 넣었고 진수도 객실에서 빠져나왔다. 김원주 선생님이 모든 아이들을 피신시키고 빠져 나오려고 할 때였다. 그 순간 산더미 같은 물살이 밀려 왔다. 둥근 유리창이 물의 힘을 견디지 못하고 깨졌다. 유리 조각이 분수처럼 흩어졌다. 김김원주 선생님의 손을 잡으려고 모국이가 손을 뻗었다. 하지만 물살에 밀리며 선생님의 손이 닿지 않았다. 순간 폭포 같은 물살이 선생님을 덮쳤다. 선생님은 모국이의 눈을 바라보았다. 선생님은 한 사람이라도 구조되기를 간절히 바라는 눈빛이었다. 그리고 김원주 선생님은 보이지 않았다. 김원주 선생님을 부르는 울부짖는 듯한 아이들의 부름에도 김원주 선생님의 대답은 없었다.

진수는 둥근 유리창이 떨어진 난간에 발을 딛고 허리를 굽혀 유리창 난간을 움켜쥐었다. 물이 없다고 믿었던 곳에 서 있던 아이들을 향해 뛰어내리려는 순간 산더미 같은 물살은 또 한 번 선체를 덮었고… 그… 큰 물살에 덮이면서 문밀동 아이들은 휘청거리며 쓰러졌다. 그리고는 큰 물살에 휩쓸리면서 사라졌다. 옥소도… 진애도… 모국이도… 그 씩씩했든 모국이도… 장난기 많았든 은철이도 말 한마디 없이 휩쓸려갔다. 진수는 물살에 밀려 천장 널빤지에 떨어졌던 모양이었다. 진수는 그렇게 눈앞에서 친구들을 잃었고 선생님을 잃었다.

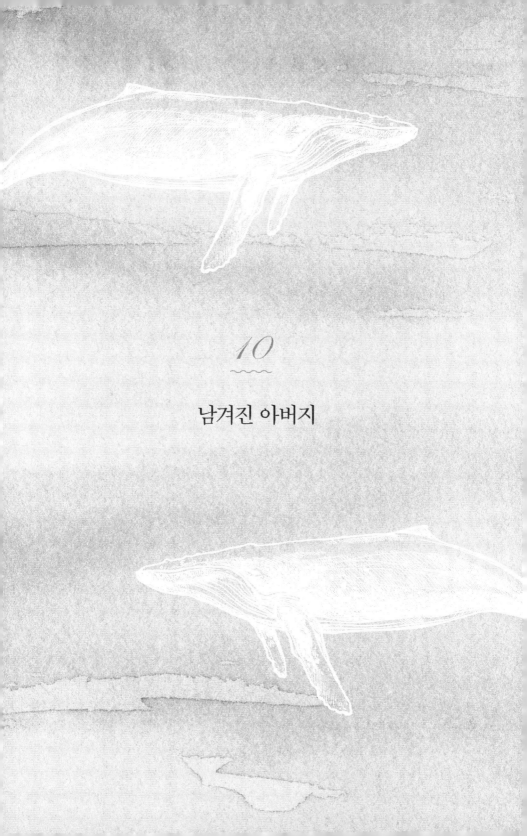

10

남겨진 아버지

"우리 순구가 어떤 놈한테 칼침을 맞고 죽었단다… 시퍼런 물바다에서 칼침을 맞고 죽었다니?"

순구의 아버지 민 씨는 주문처럼 중얼거리며 땅바닥에 펄썩 주저 앉았다. 취재진들의 쏟아지는 질문들이며, 셔터를 눌러대는 카메라 불빛이며 웅성거리는 사람들이며… 그런… 모든 것들이 원을 그리며 민 씨 주위를 빙빙 돌고 있었다. 세상에 태어나서 사람의 관심이라는 걸 받아본 적이 없는 민 씨였다. 그런 민 씨에게 마이크를 들이대며 수없이 질문들을 하고 카메라를 들여대며 번쩍번쩍 사진을 찍어대는데 이게 꿈인지… 그러니까 우리 순구가 죽었다는 것도 꿈이지, 민 씨는 땅바닥에 주저앉은 채 팔을 벌리며 미친 듯이 땅을 두드려댔다. 울음도 나오지 않았다. 어이가 없어서 입만 떡 벌어졌다. 목구멍에서는 커다란 바윗돌이 걸린 것 같았다. 숨이 멎는 듯한 무게로 목구멍을 틀어막고 있는 것 같았다. 입만 벌린 채 말 한마디 못하고 땅을 치고 있는 민 씨는 이 모든 것이 꿈이겠거니 싶었다. 수학 여행을 가는 아이들을 태운 배가 물에 가라 앉았다는 것도 거짓말 같은 이야기인데 그 배 안에서 살인이 일어났다니… 내 아들 순구가 칼침에 맞아 죽었다니? 세상에 이렇게 험악하고 잔인한 일이 있단 말인가? 꿈이 아니고는 이런 일이 일어날 수는 없는 일이었다. 꿈인 들 이렇게 무서울까? 악몽인들 이렇게도 무서운 악몽일 수 있을까? 천진난만한 학생들이 수학 여행을 간다며 들떠있었고 기대가 가득했을 텐데 그 배에 살인자가 타고 있었다니? 이게 어디 말이 되는 소리인가 말이다. 우리 순구가 무슨 짓을 했다고 잔인하게 내 아들 순구를 죽였단 말인가. 그런 흉악범이 무슨 의도로 아이들이 수학 여행 간다는 배에 탔을까? 아무리 생각해봐도 알 수 없는 일이었다. 그 흉악범과 첨성호 침몰사건이 연관이 있는 건 아닐까 하는 의심마저 들었다. 순구가 침몰된 선체 안에서 물에 잠겼거나 물에 휩쓸려 죽은 것도 아니고 어느 흉악범의 손에 칼침을 맞고 죽었다는 게 민 씨 아저씨는 참을 수가 없었다. 순구가 고통스러워하면서 죽어갔을 순간을 생각하면 뼈마디가 아팠다. 살을 에는 듯이 아팠다. 순구가 얼마나 놀랐을까. 얼마나 아파했을까? 순구를 생각하면 가시로 살갗을 찔러대듯 아파왔다. 비록 가난하고 궁색하게는 살았지만, 또래 친구들에게도 자존심을 구기지 않으려고 있는 폼, 없는 폼 부리며 살았던 순구였다. 심지어 불량배 같은 복장으로 거들먹거리며 살았던 순구였다. 항상 주눅이 들어 동네 사람들 앞에 나서지도 못하는 아버지를 못마땅해하며 투덜거렸던 순구였다. 이번 수학 여행 때에도 민 씨는 순구와 싸우기까지 했다. 수학 여행을 안 가겠다고 떼를 쓰는 순구를 달래고 어르었다. 수학 여행의 추억이며 기억들이 인생에 있어서 얼마나 큰 역할을 하는지 모른다고 제법 설교까지 했던 민 씨였다. 순구 몰래 수학 여행비를 마련하려고 일당작업장까지 나갔지만, 작업장이나 공사장에서 퇴짜를 맞고 돌아오기가 일쑤였다. 숨이 가쁘고 호흡장애가 심해서 남들처럼 일을 할 수 없었기 때문이었다. 민씨는 신주단지처럼 여겼던 세 돈짜리 금반지를 꺼냈다. 아내가 죽어가면서 순구를 위해 써달라고 건네주던 반지였다. 정말이지 그 반지를 만질 때마다 팔아서 약도 사 먹고 싶었고 순구랑 함께 맛있는 외식도 한 번 하고 싶었고 근사한 옷이라도 사주고 싶었다. 그러나 일 년만 있으면 대학을 가겠다고 할 나이인데… 그때나 써야지 하고 다시 들여놓고 감추어 두었던 반지였다. 그러나 호흡장애를 앓고 있는 민 씨로서는 노동일을 해서 돈을 번다는 게 만만치가 않았다. 민 씨는 궁리 끝에 반지를 팔기로 했다. 아내가 남겨준 반지의 가치는 순구가 여행 갈 수 있도록 쓰는 게 가장 적당한 거라고 생각했다. 수학 여행에서 있었던 갖가지 추억이며 기억들이 반지처럼 둥글게 순구를 기쁘게 해 줄 것 같았다. 그렇게 결심하고 학교에 수학 여행비를 내고 왔던 날 그놈 순구는 애비한테 버럭버럭 소리를 질러댔다.

"수학 여행비 낼 돈 있었으면 치킨이나 두어 마리 사주지! 피자나 한판 사주지! 아니. 아니다 그 돈으로 스마트 폰이나 사주지!"

순구도 하고 싶었던 게 꽤 많았나 싶었다. 퉁명스럽게 떠드는 순구를 보면서 민 씨는 눈물을 뚝뚝 흘리고 말았다. 차라리 그놈 순구 말대로 치킨이나 두 마리 사서 실컷 먹이기나 할걸… 피자 한

판이라도 사줄걸… 다른 아이들이 다 가지고 있다는 스마트 폰이나 사서 손에 쥐어 줄걸. 순구 아버지 민 씨는 가슴이 메어서 숨을 쉴 수가 없었다.

"치킨도 먹고, 피자도 먹으면 될 것 아이가… 수학 여행 가서 친구들과 맛있게 먹고 오면 될 것 아이가…?"

"나만 입이 있어? 아버지는 입 없어?"

그 순간 순구 그놈은 그렇게 말하면서 훌쩍훌쩍 울었다. 아버지랑 함께 치킨도 먹고 싶었던 놈, 아버지랑 함께 피자도 먹고 싶었던 놈, 내 아들 순구. 순구를 수학 여행 보냈던 게 뼈저리게 후회되었다.

"그놈 말대로 할걸… 우리 순구 말대로 할걸…"

민 씨는 가슴을 치며 되뇌였다. 같은 말을 몇 번이나 몇 번이나 반복하면서 아들 순구를 떠올렸다.

"불쌍해서 어쩌노…, 우리 순구."

아무리 울부짖어도 순구는 돌아오지 않는다. 문밀동 아이들이 시신으로 돌아왔어도 순구는 돌아오지 않았다. 아들 순구가 물밑에서 칼침을 맞고 죽었다는 데도 어떤 놈에게 찔려 죽었는지 무슨 이유로 찔러 죽어야 했는지도 모르고 있어야 하는 민 씨에겐 자신이야말로 세상에서 가장 못나고 초라한 사람이라고, 비겁한 애비라고 여겨졌다. 민 씨는 몸을 털며 일어섰다. 그리곤 혼자 터벅터벅 걸어서 어디론가 가고 있었다.

그 뒤로 순구 아버지 민 씨는 문밀동에 돌아오지 않았다. 순구 아버지를 남해 시에서 봤다는 사람도 있었고 파출소마다 기웃대며 순구를 찾아달라고 억지를 부리거나 순구를 죽인 놈을 찾아 달라고 고래고래 고함을 지르며 파출소 바닥에 주저앉아 이틀이고 사흘이고 머물러 있기도 한다고 했다.

"어떤 놈이 우리 순구를 죽였는지 그놈을 잡아야지! 순경 아저씨! 우리 순구를 죽인 놈을 잡아주이소."

가슴을 치며 지구대(파출소) 순경을 향해 소리를 지르기도 한다고 했다. 민 씨 아저씨는 그렇게 파출소마다 기웃거리며 소리 지르고 거리를 쏘다녔다. 영락없이 미친 사람 같았다. 그러다가도 남해 선창에 돌아오면 두 다리를 뻗고 하염없이 앉아있기도 했다. 바다를 향해 잠시도 눈을 떼지 않고 멍하니 앉아있는 민 씨 아저씨였다. 물론 순구처럼 시신으로도 돌아오지 못하고 있는 학생들도 있었고 승객들도 많았다. 그들도 민 씨 아저씨처럼 선창을 떠나지 못하고… 바다만 하염없이 바라볼 뿐이었다. 순구를 부르는 민 씨 아저씨처럼 가끔씩 바다를 향해 자식들의 이름을 애타게 불러댔지만, 이제는 목이 메 소리도 나오지 않았다. 목숨은 붙어있지만 자식을 잃은 슬픔과 고통에 짓눌려 살아가야 하는 유족들! 민 씨 아저씨도 힘없는 유족의 한 사람일 뿐이었다. 순구를 죽음으로 몰아넣었던 그 의문의 물건도 밝혀내지 못했고 그 의문의 물건이 정확하게 무엇인지 내용물도 파악하지 못한 채 선체 첨성호와 함께 가라앉아 버렸다. 더군다나 순구에게 무차별하게 칼을 휘둘렀던 그 덩치 큰 남자의 존재도 지금은 오리무중이었다. 살아서 돌아왔다는 증거도 없었고 시신으로 돌아온 흔적도 없었다. 어쩌면 실종자 명단에 있을지도 모르지만, 그 덩치 큰 남자의 이름을 알고 있는 사람은 없었다.

민 씨 아저씨는 진수가 말한 그 덩치 큰 남자의 존재에 대해서 알고 싶었다. 이름도 나이도 소재지도 적혀 있을 탑승자 명단이라도 보고 싶었다. 생존자의 명단, 희생자의 명단 그리고 실종자의 명단에서 한 사람 한 사람 대조해 보다 보면 덩치 큰 남자의 존재를 알 수 있지 않을까? 하는 생각이 들었다. 그러나 살인도 서슴지 않는 사람이 제대로 된 사실을 기재했을까? 사실을 기재할 리가 없었다. 민 씨는 아들 순구가 칼침에 맞아 죽었다는 데도 살인을 서슴지 않았던 그놈의 존재마저 밝혀지지 않은 이 상황이 견딜 수가 없었다. 파출소를 기웃거리고 파출소를 훑고 다니면서 우리 순구 죽인 놈을 찾아달라고 소리 지르며 다니는 게 얼마나 부질없는 일이라는 것도 잘 알았다.

어느 날이었을까? 밤이었다. 선창에 두 다리를 뻗고 앉아있는 민 씨에게 슬그머니 다가와 앉는 사람이 있었다.

"아저씨! 순구 아버지!"

나지막하게 순구 아버지 민 씨를 부르며 다가앉은 사람은 뜻밖에도 진수였다.

"진수야!"

아들 순구가 돌아온 것처럼 반기며 진수의 손을 덥석 잡은 민 씨의 눈에서는 벌써 뜨거운 눈물이 솟구치고 있었다.

"병원에서 퇴원했다는 소리는 들었다! 몸은 좀 어쩌냐?"

"날마다 악몽에 시달려요!"

진수는 민 씨 아저씨에게 속내를 털어놓고 싶었다. 아버지 없이 컸던 때문인지 모국이 아버지를 볼 때도 부러웠고, 아들을 끔찍이도 사랑하던 은철이 아버지도 부러웠던 진수였다. 그러면서 순구 아버지에 대해서는 별 관심도 없었고 호감도 느껴지지 않았다. 날마다 주눅이 든 사람처럼 고개를 푹 숙이고 다녔던 순구 아버지였기 때문이다. 어깨도 제대로 펴지 못하고 사람들 앞에서 제대로 말도 못하는 순구 아버지였다. 진수가 순구의 죽음에 대해서 폭로했을 때에도 여느 아버지들 같으면 땅바닥에 주저앉아 가슴만 쳤을까? 취재진을 향해서라도… 거기에 있을 정치인이나 관계자들은 향해서라도 내 아들 순구가 그렇게 죽어야 했던 연유를 밝혀내라고… 소리 지르고 억지라도 부려야 했을 것이다. 그런데도 순구 아버지는 그러지도 못했다. 억지 부리는 아이처럼 사방으로 미친 듯이 돌아다니고 파출소(지구대)를 돌아다니며 아들 순구를 죽인 놈을 잡아 달라고 했으니 남 보기에는 억지 같았다. 물속에서 죽은 아들을 땅 위에서 범인을 찾자는 격이 되었으니 주변 사람들 눈에는 순구 아버지가 실성한 사람으로만 보일 수밖에 없었을 것이다. 진수는 어린 나이였지만 순구 아버지의 그런 모습이 안타까웠고 사실은 겁도 났던 것이다. 순구는 덩치 큰 남자가 들고 있었던 짐을 유심히 봤을 뿐이고 그리고 그 짐에서 보아서는 안 될 무엇인가를 보았던 것이다. 그것이 이유가 되어 순구가 칼침을 맞았는데… 그 속에는 아무도 모르는 비밀스러움이 있다는 암시가 있음 직했다. 비밀스러움! 그게 무엇인지도 모르는 상황에서 지구대를 기웃대며 아들 순구를 찔렀던 놈을 찾아달라고 횡포 부리듯했으니 민 씨 아저씨의 신변이 왠지 위태롭게 보였던 진수였다. 진수는 민 씨 아저씨 옆에 바짝 다가와 앉으며 소리를 낮추었다.

"아저씨! 몸조심하셔야지요… 우리가 알아내어야 할 그런 비밀스러움이 아닌 것 같아요… 슬프고 분한 마음에 무엇인가 하려고 하시지 마세요. 그리고 집에 가서서 순구의 시신이나마 인양되기를 기다려 보셔야지요. "

"진수야!"

"예! 아저씨!"

"우리 순구가 정말로 어떤 놈의 칼에 찔려 죽었다는 말이 사실이냐?"

"예! 아저씨! 사실입니다. 제 두 눈으로 똑똑히 보았고요…. 우리 문밀동 아이들이 모두 두 눈으로 똑똑하게 보았습니다…. 순구가 피를 쏟으면 죽었을 때 우리는 차마 지켜볼 수가 없었고… 순구를 그냥 그대로 보낼 수가 없어서 안전지대에서 뛰어내린 겁니다."

"그런데 말이다! 나는 진수 너를 믿지만, 물에서 일어난 그 일을 목격한 사람이 생존해 있는 건 진수 너뿐이란 말이다. 목격자가 다른 사람이 더 없다는 게 안타깝네!"

"예! 아저씨! 아저씨 말씀이 맞습니다. 문제는 사람들이 제 말을 믿지 않는다는 겁니다… 침몰된 선체에서 살인사건이 일어났다는 걸 누가 믿겠습니까? 그러나 우리는 똑똑히 보았지만 순구가 칼에 찔려 죽었다는 것을 무엇으로 증명하겠습니까?"

순구 아버지 민 씨 아저씨는 안타까웠다. 아들 순구가 그렇게 잔인한 죽음을 당했는데도 그것을 증언할 수가 없다니? 그랬다는 증거가 없다니 안타깝고 어이 없었다. 순구는 칼에 찔려 죽었고 순구의 시신은 아직 인양되지 않았다. 순구가 물속에서 칼침을 맞고 죽었다는 걸 증언할 사람은 진수뿐이었다. 그러나 그것을 증명할 수가 없으니 안타까울 뿐이었다. 지금으로서는 순구의 시신을 인양하는 것이 유일한 증거일 수밖에 없었다. 진수는 말했다.

"아저씨! 순구의 시신이라도 인양되면 증거가 될 것입니다. 순구의 몸에는 여러 번의 칼자국이 있을 테니까요…"

진수의 예리함에 순구 아버지 민 씨는 놀라면서 고개를 끄덕였다.

"아! 그렇구나… 우리 순구가 증인이고 우리 순구가 증거가 되겠구나…"

민 씨 아저씨는 진수의 제안에 믿음이 가는 듯 눈빛이 달라졌다. 진수가 그렇게 깊이까지 생각할 줄은 몰랐다. 진수는 몸을 낮추면서 민 씨에게 소곤거리듯 귓속에다가 말했다.

"아저씨! 몸조심하셔야 합니다. 쓸데없이 지구대를 기웃거리며 소리 지르지도 말고요!"

"알았다!"

"우선 아저씨가 건강하셔야 하고 인내하면서 순구의 시신이라도 인양되기를 기다리셔야 합니다."

"오냐! 알았다!"

"아저씨! 저는 낮에 사람을 보는 게 두렵습니다…. 문밀동에서 살아서 돌아온 아이들이 아무도 없는데 문밀동 어르신 뵙기가 민망하고 나 혼자 생존해 있다는 게 부끄럽게만 여겨져서… 낮에는 밖에도 나올 수 없는 그런 처지입니다!"

진수는 비로소 자신의 심경을 밝혔다. 정말이지 낮에는 문밀동에서 얼굴을 들고 다닐 수 없다는 게 진수의 솔직한 심정이었다. 민 씨 아저씨는 그런 진수의 심정을 충분히 이해한다는 듯 진수의 등을 쓰다듬었다.

"진수야! 그런 생각은 말아! 너는 유일한 생존자야! 살아 돌아온 걸 부끄러워하다니? 그래서는 안 되는 거지! 힘내고… 당당하게 살아야 해!"

"예! 알겠습니다!"

진수는 여태껏 느껴보지 못했던 아버지의 정을 느낀 듯 다소곳 고개를 숙였다. 그리고 말했다.

"아저씨! 오늘은 집에 들어가요! 문밀동 사람들을 태우고 들어가느라고 남수 아저씨 화물차가 저쪽에서 기다리고 있어요! 제가 아저씨를 부축해 드릴 테니 집에 가서서 좀 쉬세요…. 그리고… 내일 또 오셔야지요! 순구의 시신이라도 봐야 할 것 아닙니까?"

"그래! 그래야지!"

민 씨 아저씨는 진수에게 몸을 의지하고 비틀거리며 일어섰다. 남수 아버지의 화물차는 선창 앞쪽에 있었고 문밀동 학부모들은 비틀거리며 오고 있는 민 씨 아저씨를 측은한 듯이 지켜보았다. 모두 자식을 잃었고, 그중 일부는 자식들이 시신이 되어 돌아왔고, 또다른 이들은 자식의 생사도 몰라 실종자라는 명단에서 자식들 이름을 보아야 하는 실종자들의 학부모들이었건만, 그들은 순구 아버지를 더 애처로운 눈으로 지켜보았다.

그런데 그날 밤 아니 깊은 새벽녘이었다. 옥소 어머니가 속옷 차림으로 뛰어나왔다. 옥소 어머니가 살고 있는 집 바로 옆집이 순구네 집이었다. 슬래트 지붕의 순구네 집에서 뭔가 터지는 소리가 나면서 불꽃이 활활 타오르고 있었다. 불꽃이 치솟으면서 사방에서는 뭔가 터지는 소리가 이어졌다. 속옷 차림으로 집 밖으로 나온 옥소 어머니는 동네를 향해 뛰어다니며 소리쳤다.

"불이야! 불이 났어요!"

"…"

"순구네 집에서 불이 났어요!"

평소에 얌전하기로 소문난 옥소 어머니였다. 정숙하고 얌전했던 옥소 어머니는 뭔가 터지는 소리에 잠을 깼고… 시커먼 연기를 동반하면서 솟아오른 불꽃을 보고 속옷 차림으로 튀어나왔다. 문밀동 사람들은 불이 났다는 소리에 혼비백산이 되어 집 밖으로 뛰쳐나왔는데 순구네 집에서는 집채만한 불꽃이 이미 슬레트 집을 송두리째 태우고 있었다. 잠깐 사이의 일이었다. 아니… 언제부터 불꽃이 치솟았는지 모를 일이다. 문밀동 동네에서 불이 났다는 게 믿어지지가 않는 일이었다. 조그마한 동네 농가들만 오밀조밀 살았던 곳에서 무슨 불 날 일이 있었던가? 불이 나다니 정말 알 수 없는 일이었다. 진수는 잠에서 깨어났다. 순구 집 지붕에서 불꽃이 치솟아 올랐고 옆집 옥소 어머니가 속옷 바람으로 나와 발을 동동거리며 외쳤다.

"불이 났어요! 불이 났어요! 순구네 집에서!"

같은 말을 녹음하듯 되새기고 있는 옥소 어머니는 얼마나 겁에 질렸던지 발을 동동거리고 어깨를 움츠리곤 초점 없는 눈동자를 굴리고 있었다. 동네 가운데에서 불이 난 것을 보고 사람들은 믿어지지 않는 듯 혀를 내둘렀다. 이미 집 한 채를 홀랑 태우고 사그라 든 불씨를 넋을 잃은 듯 쳐다보고 있는 사람들 틈을 헤집고 뛰어 가는 진수! 진수는 어이없이 전소된 순구 집 앞에서 멈추어 섰다. 그리고 소리쳤다.

"순구 아버지요? 순구 아버지는요?"

진수가 외치는 소리에 사람들은 그제야 상황판단이 되었는지 후 다닥 놀라며 순구 아버지를 불러댔다.

"순구 아버지!"

"민 씨 아저씨!"

문밀동 사람들은 순구 아버지 민 씨를 불러대며 집터만 남은 빈 터를 둘러섰다.

"순구 아버지!"

"민 씨 아저씨! 민 씨 아저씨!"

순구 아버지, 민 씨 아저씨를 불러 대던 사람들이 갑자기 소름이 끼쳐지는 순간이었다. 대체 문밀동에서 왜 이런 일이 일어나고 있 는가 싶었다. 수학 여행을 간다는 아이들을 태운 여객선이 침몰되 지를 않나? 물에 잠긴 선체 안에서도 살인사건이 일어나지를 않나? 문밀동 동네에서는 상상도 못 하고 살았던 화재가 일어나지를 않 나? 그런데 화재가 난 집이 왜? 하필 순구 집이란 말인가? 그런 생 각에 무섬증을 떨쳐내지 못하고 있는 사람들 앞으로 은철이 아버 지가 무언가를 들고 힘없이 걸어 나왔다. 순구 아버지가 사시사철 신고 다녔던 낡은 군화였다. 낡은 군화를 들고 나오던 은철이 아버 지는 온몸을 떨면 말했다.

"왜? 하필 순구네 집입니까? 마치 작정을 하고 순구 아버지 집을 태운 것 같소… 불이 사방으로 번지지도 않으면서 한 채만 고스란히 태워버린 이것은 절대 우연으로 일어난 화재가 아닌 것 같소… 누군가 순구 아버지를 향해 작정하고 불을 낸 것 같소!"

사람들은 웅성거렸다. 겉으로 표현은 하지 않았지만 뭔가 조심하려는 듯 서로의 눈빛을 교환할 뿐 입을 떼지 않았다. 아무도 더 이상의 말을 흘리지 않았다. 진수만 미친 듯한 소리로 외쳤다.

"아저씨! 순구 아버지!"

아! 오늘 밤에 순구 아버지를 문밀동에 데리고 오지 말았어야 했나? 후회가 가슴을 후려쳤다. 진수는 가슴을 치며 포효하듯 순구 아버지를 불러 댔다. 순구 아버지는 비명도 없이 죽었다. 아니… 누구가의 깊은 음모에 희생된 불쌍한 사람이 되어 버렸다. 그리고 순구 아버지의 이 죽음이 결코 예사롭게 여겨지지는 않았다. 순구의 죽음과 연결된 듯한 이상한 기운을 진수는 떨쳐 낼 수가 없었다.

집안에서 어이 없이 죽어간 순구 아버지는 비명 한마디 지르지 못하고 죽어갔다. 아들 순구는 살인을 당했고 아버지는 불이 나 죽었다. 이것은 과연 순구의 죽음과 관련이 없는 걸까? 순구 아버지의 죽음 때문에 첨성호 사고에는 뭔가 모를 비밀스러운 배후가 있음을 직감할 수 있었다. 그러나 그 원인과 배경을 파헤쳐 볼 수 없는 자신들의 무능력함을 원망할 수밖에 없었다.

11

진수의 고뇌

순구 아버지 민 씨 아저씨의 죽음은 문밀동 사람들에게 잊히지 않을 충격으로 남았다. 순구가 물속에서 칼에 찔려 살해되었다는 진수의 증언을 믿을 수밖에 없는 계기이기도 했다. 순구가 살해되고, 순구의 아버지가 이유를 알 수 없는 화재로 죽었다는 것이 어찌 연관이 없겠는가. 첨성호 침몰사고와도 얽혀있는 듯한 묘한 기운을 느끼는 것은 어쩔 수가 없었다. 그래서인지 그날 이후 문밀동은 예전과 같지 않았다. 그렇게 정답고 친하게 지내던 사람들이 누구랄 것도 없이 어색해졌고 만나는 것조차 서로 피할 정도였다.

　누가 뭐라고 하는 것도 아닌데 어른들끼리의 만남도 어색해지고… 분위기도 어수선해지면서 이웃 간의 왕래도 끊기곤 했다.

　무슨 일에든 적극적이고 껄껄 웃기도 잘했던 은철이 아버지도 옛날 모습을 잃어가고 있었다. 은철이가 성장하는 것을 보는 게 낙인 것처럼 살았던 은철이 아버지는 무슨 일에든 시무룩해지면서 말수가 적어졌고 심지어는 바깥출입까지 절제하는 듯 보였다. 예전처럼 방앗간이 바쁜 것도 아닌데 방앗간에서만 있는 것도 이상했고 은철이 어머니 역시 방앗간 문을 닫고 집 안에 있는 시간이 많아지 곤 했다. 그래도 문밀동에서는 방앗간 기계 돌아가는 소리가 덜커 덩덜커덩 하고 들려야만 동네에 활기가 있어 보이곤 했는데 방앗간 기계 소리도 줄어가고, 주민들의 방앗간 출입도 줄어들고 있었으니 어수선하고 침울해진 분위기였다. 남수 아버지는 야채 장사도 아예 치워버렸는지 화물차는 날마다 세워져있었고 현묵이 아버지는 남 해 시에서 얻어들은 이야기를 모국이 아버지를 찾아와 들려주면서 막걸리 술잔을 부딪치곤 했다.

그런가 하면서 진수 어머니는 생존해서 돌아온 진수에게 반색을 하면 기쁨도 나누지 못했다. 아들 진수가 살아서 돌아왔다고 기쁨 을 내색하기에 동네 분위기가 그렇지 못했고 아들 진수는 돌아왔 지만, 물에 잠긴 채 죽어갔을 진애를 생각하면 한쪽 가슴이 무너진 듯 아파오는 건 어쩔 수가 없었다.

진애뿐만이 아니라 문밀동 또래 아이들 스물네 명이 모두 물속에 서 목숨을 잃었다. 자식을 잃은 스물네 명의 학부모들이 쏟아내는 한숨과 눈물만으로 문밀동은 이미 슬픔의 도가니였다.

진수는 문밀동에서도 고립되어 가는 기분이었다. 동네를 벗어나 서 학교를 갔지만 진수에게 학교는 더 이상의 의미가 없었다. 학교 도 더 이상 다닐 수 없다는 것을 느꼈다. 학교에 갔어도 뭉쳐서 놀 던 문밀동 아이들은 아무도 없고 진수 혼자뿐이었다. 졸업할 때까 지 학교에 다닌다는 건 진수에겐 엄청난 고통일 뿐이었다. 문밀동 또래 친구들이 없는 학교는 무의미했다. 아니, 이학년 학생 전원이 사라진 학교는 유령 같았고, 때로는 첨성호 선체에서의 일이 떠오르기도 했다. 오싹 소름이 돋는 순간들이 끝없이 진수를 괴롭히곤 했다. 진수는 학교도 집도 뒤로하고 문밀동을 떠났다.

미친 듯이 거리를 헤매다가 순구 아버지처럼 죽임을 당할지도 모른다는 생각이 들었다. 비밀스러운 의혹이 끊임없이 꼬리를 물고 있는 첨성호 사고에서 유일하게 생존해 있다는 이유만으로 표적이 될 수 있고 죽임을 당할 수 있다는 생각을 떨쳐 버릴 수가 없었기 때문이다.

진수는 그를 모르고 있는 사람들 속으로 숨고 싶었다. 적어도 첨성호 사고에도 죽지 않고 살아온 단 한 사람의 생존자가 자신이라는 것을 숨기고 싶었다. 그리고 악몽 같은 그 모든 것을 잊어버리기 위해 미친 듯이 일할 곳을 찾아다녔다.

첨성호 참사를 잊고 싶었고, 문밀동 아이들이 죽어가던 그 참혹한 순간도 지우고 싶었다. 순간순간 떠오르는 장면을 지우고 싶었다. 더욱이 첨성호에서 유일하게 살아남은 생존자라는 사실도 잊고 싶었다. 첨성호 사건은 악몽이었다. 영원히 잊힐 수 없는 슬픔이었다. 절대로 현실일 수는 없는 일이었다. 어디론가 더 먼 곳으로 떠나고 싶은 심정뿐이었다.

진수는 닥치는 대로 일을 했다. 몸을 아끼지 않고 일을 했다. 육체가 쉴 틈 없이 일하고 피로가 누적되어 곤하게 잘 수 있다면 악몽 같았던 그 모든 것들을 이겨내고 떨쳐 버릴 수 있을 거라 생각한 것이다. 하지만 진수는 홀어머니 생각을 떨쳐 버릴 수는 없었다. 진수는 가까운 남해 시에 머물면서 일거리만 있는 곳이라면 어디든지 갔다. 그리고 나이에 어울리지 않게 심하게 일을 하면서 나름대로 생존의 의미를 찾아가기 시작했다. 홀어머니의 아들로 살아가겠다는 뚜렷한 목표가 생긴 것이다. 그 목표를 향해 살아간다면 첨성호 사고도 차차 잊힐 테고 필름처럼 떠오르던 그 악몽에서도 벗어 날 수 있을 것 같았다. 노을이 붉게 달아오른 서녘 하늘은 찬란했고 눈부셨다.

어느 해 질 무렵. 진수는 선창에서 그물 털어내는 일을 하고 있었다. 가슴까지 차오르는 장옷을 입고 그물을 털어내고 있는 진수는 그 어느 때보다도 진지했고 그 어느 때보다도 어른스러워 보였다…. 황금빛으로 노을 진 서녘 하늘을 바라보며 잠시 생각에 잠겼다. 눈시울이 붉어지면서 아이들에 대한 그리움이 스멀스멀 가슴으로 밀려 들었던 것이다. 키가 컸던 모국이, 현묵이, 남수 그리고 장난기 심했던 은철이. 모두 보고 싶고 그리웠다. 순구의 뜻하지 않은 죽음에 놀랐던 문밀동 아이들은 누가 먼저랄 것도 없이 빔에서 뛰어내려… 순구의 죽음을 애도했고 이승을 떠나는 순구를 외롭지 않게 배웅했다. 그리고 그들도 그 순간에 밀려든 물살에 휩쓸려 떠났다.

진수는 지금도 기억한다. 물에 휩쓸려가면서도 살려 달라는 외침이 아니라 "진수야! 너만이라도 꼭 살아야 한다." 합창하듯 말하던 문밀동 아이들! 문밀동 아이들은 누군가 한 사람이라도 살아있어 주기를 바랐던 것이다. 침몰된 첨성호 선체 안에서 벌어졌던 참혹하고 비참했던 일을… 누군가에게 전해줄 사람이 필요하다고 느낀 문밀동 아이들은 한 사람이라도 살아서 이런 비극적인 상황을 세상에 알리기를 바랐는지도 모른다. 진수는 여러 아이들의 바람 때문인지 널판지 위로 넘어졌고, 그 작은 널판지가 물위로 뜨면서 다른 널판지 사이에 끼이게 되었던 것이다.

"진수야! 꼭 살아서 돌아가야 해!"

저만치 떠밀려가면서 외쳤던 옥소의 그 한마디는 진수의 가슴을 찔렀다. 칼끝으로 가슴을 찌르는 것 같은 아픔이었다. 그리고 가슴 떨리게 했다. 물속으로 휩쓸려가는 옥소를 구하지 못했던 죄책감 때문에 더욱 그랬다. 진수가 보았던 옥소의 마지막 모습, 그리고 문밀동 아이들, 그들을 어찌 잊으라고? 진수는 가슴으로 뜨겁게 차오르는 그리움 때문에 목이 메였다.

진수는 첨성호 침몰사건의 진위가 의심스러워졌을 뿐이었다. 아닌 게 아니라 TV 뉴스에서는 첨성호 선주였던 엄달수에 대해서 끊임없는 보도가 흘러나왔다. 그는 첨성호 선체에 어마어마한 화물을 싣도록 했는데, 그 화물의 무게는 과적을 훨씬 넘긴 무게였다고 한다. 화물칸에 실린 화물차며 승용차를 제외하고도 갖가지 물품들로 적재 초과를 했다는 것이다. 첨성호 침몰은 우연이 아니라 이미 사고를 예고하고 있었던 것 같았다.

그리고 선주 엄달수의 상식 밖의 행각은 뉴스를 접한 사람을 경악케했다. 엄달수는 첨성호 사건이 나자 사건을 해결하기 위해 노력 한 것이 아니라 비자금을 챙겨 잠수를 했다고 한다. 첨성호 사고의 진위를 밝히고자 선주 엄달수를 찾기 위해 경찰과 검찰 인원이 총동원되고 있었다. 그러나 아쉽게도 첨성호 선주 엄달수는 시체로 발견되었다는 뉴스가 그 끝이 되어버렸다. 첨성호 침몰사건은 꼬리에 꼬리를 물고 일어나는 의심과 의혹의 사건임은 틀림없었다. 진수의 의혹은 커져만 갔다.

그리고 분명한 건 첨성호가 출항하기 전날 밤 덩치 큰 사내에게 무엇인가 열심히 지시했던 그 깡마른 남자가 화면에 비친 첨성호 선주였다는 것을 아는 사람은 없었다.

바닷가 어느 선창이었다. 진수는 뱃사람과 그물을 털고 있었다. 고기잡이를 끝내고, 그물을 털어 손질을 하면 그런대로 일과가 끝난다. 여러 사람이 둘러서서 그물을 털고 손질하는 게 쉬운 일은 아니었지만 힘든 일에 전념하다 보면 잊고 싶은 것들이 잊히곤 했다.

노을은 하루를 잘 보냈다는 해의 인사였다. 언제 보아도 아름다웠다. 과를 끝내고 바라보는 노을은 더욱 그랬다.

"어이! 어린 총각!"

"예!"

나이 지긋한 아저씨가 진수를 불러 세웠다.

"이리 와 보게!"

"예!"

"일과도 끝났으니 목이라도 축여야지."

"아닙니다. 아저씨만 드시고 오세요. 전 여기서 남은 일을 마무리하고 가겠습니다."

어린 총각으로 불리는 진수는 상냥하게 거절을 했다. 일과가 끝나면 막걸리 한 잔이라도 걸치는 아저씨들이기에 우선 그 자리에서 빠지고 싶었던 것이다.

"아니야! 술을 권하자는 게 아니라 시원한 사이다 한 잔이라도 마시자는 것이니 어서 오게!"

　나이 차이는 커서 아버지 벌의 아저씨였다. 그러나 한 배에서 손발을 맞추어 가며 일하는 동료이기도 하신 분이다. 어른들이 베푸는 선심을 너무 거절하는 것도 예의가 아니다 싶어 따라갔다. 가게는 협소했지만, 손님들로 가득 차 있었다. 일과를 끝낸 어른들이 좁은 가게에 진을 치고 앉아 있었다. 그들 앞에는 TV가 놓여 있었고, 화면에는 물속에 처박혀 있는 첨성호가 선명하게 비치고 있었다.

　눈을 돌려서라도 보고 싶지 않은 장면이었다. 그런데 이게 웬일인가? TV 화면 속에는 기울어진 첨성호 옆으로 쾌속선 모양의 구조선이 보였다. 그리고 화면은 구조대원의 도움을 받아 구조선을 타고 있는 사람들을 비추고 있었다. 대부분 여객선 승무원들이었으며, 선장이라는 사람이 옷도 제대로 갖춰 입지 못한 채 구조선에 오르고 있었다.

　기울어져 가는 선체를 버리고, 여객선의 승객들을 버리고, 수학여행 가는 학생들을 구조하지 않고 선장과 승무원들이 먼저 빠져나가는 장면이 거짓말처럼 화면을 채우고 있었다.

　구조선은 기다리는 승객들과 아이들을 버려둔 채 도망치고 있었다. 진수는 다리의 힘이 풀렸다. 더 이상 서 있을 수가 없었다. 너무나 경악스럽고 충격적인 장면을 보면서 주저앉았다. 어떤 말도 나오지 않았다.

　TV를 보던 사람들 입에서 욕설이 터져 나왔다.

　"저 죽일 놈들!"

"쳐 죽일 놈들!"

"선장이라는 놈이 배를 버리다니."

첨성호 사고가 처참한 지옥으로 만든 것은 다름 아닌 선장과 승무원들의 무책임한 행동 때문이기도 했다는 것을 보여주는 장면이었다.

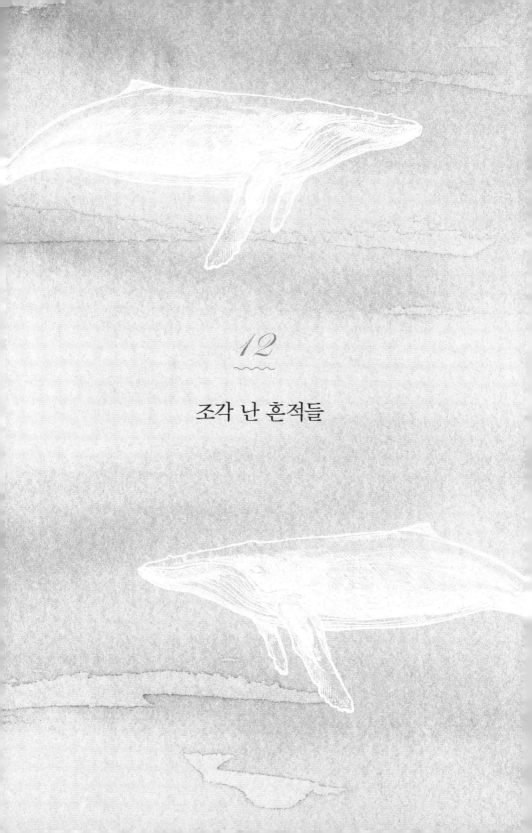

12

조각 난 흔적들

2017년 5월 13일, 첨성호가 침몰된 날로부터 삼 년 만에 첨성호를 인양하겠다는 결론이 났다. 그동안 첨성호 인양 작업에 대해서는 의견이 분분했었다. 몇 명 안 되는 실종자를 확인하기 위해 혈세를 낭비해서는 안 된다는 측과 실종된 사람들의 시신이라도 찾아야 한다는 인도주의 측과의 대립 때문이었다. 첨성호 인양이 결정되면서 인양 작업이 시작되었다. 첨성호 인양 작업은 쉽지가 않았다. 첨성호 인양 작업이 시작되면서 관계자들에게는 힘든 작업이었지만 실종자 가족에게는 피를 말리는 시간이기도 했다.

첨성호 선체가 서서히 그 모습을 드러내면서 올라왔다. 벌써 부식된 선체에서는 녹물이 벌겋게 뚝뚝 떨어지고 선체 곳곳은 무너져 내렸고, 헐고 부서진 그 상태에서 시신이나마 온전하리고는 아무도 믿지 않았다. 미수습자의 시신은 바닷물에 휩쓸려 먼 바다로 떠내려갔을 수도 있었고 이미 부패되어 흔적조차 찾아보기 힘들 것이다.

그런 상황을 예감하면서 지켜보아야 했던 실종자들의 유족들에 겐 피 말리는 듯한 시간이 흘렀다. 첨성호 사고가 터지고 꼭 삼 년 이 흘렀다. 자식이 살아있으리라고는 믿지 않았지만, 그 시신이나 마 찾고 싶었던 학부모나 유족들에겐 그 삼 년이 삼십 년보다 더 길고 삼백 년보다 더 길었을 것이다. 그러면서 오늘 선체가 인양되 기를 또 얼마나 기다렸는지 모른다. 그러나 끝내 자식의 시신마저 미수습자로 명단에 올려야 했고 자식의 형체조차 찾을 수 없었던 실종자 유족들의 울분과 서러움은 하늘을 찌를 듯했다.

옥소 어머니는 미친 듯이 첨성호 주위를 맴돌았다. 인양된 첨성 호는 흉물스럽고도 끔찍스러운 유령선처럼 버티고 있는데 옥소 어 머니는 첨성호 선체를 맴돌며 딸 옥소의 이름을 부르고 또 부르고 또 불러대며 선체 주변을 맴돌고 맴돌았다. 지쳐서 주저앉고 싶을 때도 있었지만 옥소 어머니는 선체 밑에 붙어 서서 옥소를 부르는 것을 멈추지 않았다.

문밀동 학부모들 모두는 옥소의 어머니 마음이었다. 차마 눈을 뗄 수 없도록 처절하게 울어대는 옥소 어머니를 위로하거나 달래 줄 말 한마디도 떠오르지 않았다. 그냥 같이 눈물을 흘려주었던 것이 전부였다.

첨성호 침몰사건으로 자식을 잃지 않은 학부모가 없었지만, 시신 을 찾았다는 것만으로 다행으로 여겨야 했던 처참한 사고였다. 자 식이 죽었는데 시신조차 찾지 못한 유족들의 심정이야 오죽할까? 시신이나마 찾은 것이 다행이라고 여겨야 했던 이 처참한 사고 앞 에서 어른들은 모두 죄의식을 느껴야만 했다. 슬픔의 덩어리를 끌어안고 평생을 살아가야 하면서도 아이들을 구해내지 못한 후회와 죄의식은 첨성호 관계자 모두가 의식해야 했다.

천종배 잠수인은 생존사 진수를 찾아낸 유일한 잠수인이었다. 이번 인양된 첨성호에서도 수습되지 못한 유골이라도 찾아 학부모의 한을 풀어 드리려고 결국 작업에 참여하였다. 모두 생존자가 없을 거라고 입을 모아 말했을 때도 천종배 잠수인은 스스로 물속에 잠긴 첨성호 선체로 들어갔고 그때까지 인양되지 못했던 시신 몇 구와 생존자 진수를 살려낸 사람이다. 첨성호가 인양되는 과정을 지켜보고 마지막까지 선체 안을 살폈던 사람이었다.

그 잠수인 천종배가 선체 바닥에서 두 구의 시신을 발견했다. 한 구는 미이라처럼 하얗게 부식된 유골이 옷에 싸여 있었다. 옷의 앞뒤에는 날카로운 물체에 찢긴 듯한 구멍이 몇 군데 나 있었다. 바로 순구의 유골이었다. 또 한 구의 유골은 비닐 뭉치를 끌어안고 있는 모습의 유골이었다. 부식된 옷과 DNA 검사 결과 옥소임이 밝혀졌다.

순구의 유골을 싸고 있던 옷에 난 여러 개의 구멍은 진수의 증언을 증명하기에 충분했다. 구멍이 가슴과 등 몇 군데 나 있었던 것이다. 순구 아버지 민 씨 아저씨가 살아있었더라면 순구의 뚫린 가슴을 보았을 것이고, 진수의 증언이 사실이라는 것도 뼈저리게 실감했을 것이다.

순구와 옥소의 시신이 올라왔다는 소식에 문밀동 사람들은 모여들었다. 억장이 무너지고 기가 막힌 아이들의 모습 앞에서 어른들은 몸을 무너트렸다. 땅바닥에 주저앉으며 쏟아내는 통곡, 피를 토하는 듯한 통곡에도 두 아이는 일어날 줄을 몰랐다.

옥소 어머니가 옥소의 유골을 어루만지며 소리쳤다.

"옥소야! 내 딸 옥소야!"

이때 옥소를 유골을 발굴한 천종배 씨가 다가와 옥소 어머니를 찾았다.

"옥소 어머니! 제가 처음 유골을 발견했을 때 유골이 이 비닐 뭉치를 소중하게 끌어안고 있는 듯한 모습이었습니다. 아무래도 학생한테는 무척이나 소중한 것이었나 봅니다."

옥소 어머니는 모구리 천종배로부터 받은 비닐 뭉치를 보았다.

"옥소야! 이게 뭐꼬?"

옥소 어머니는 옥소가 살아있는 옥소에 말하듯 묻고 있었다. 그녀는 옥소가 죽어서도 놓지 않았던 비닐 뭉치를 끌어안으며 울었다. 딸 옥소의 형체는 몇 조각의 유골로 남았지만 옥소가 끌어안고 있었던 비닐로 포장된 물건은 물 한 방울 들어가지 않은 채, 그대로 보존되어 있었다. 옥소가 얼마나 소중하게 여기고 정성스럽게 포장을 했는지 엿볼 수 있었다. 더구나 비닐 포장 앞쪽에 씌인 글씨도 선명했다. '진수 꺼!'라는 글씨로 볼 때 포장 속에 물건은 진수에게 줄 물건으로 보였다. 옥소 어머니는 옆에 있는 을철이 아버지에게 비닐 뭉치를 넘기며

"이거 좀 풀어 보이소."

했다. 옥소 어머니로부터 비닐 뭉치를 받아 든 은철이 아버지가 포장 겉면에 씌인 글씨를 읽으면서 말했다.

"이거 진수 거라는데요!"

그러면서 은철이 아버지는 사람들이 보는 앞에서 비닐 포장을 한 겹 한 겹 풀어내었다. 비닐 포장을 뜯어내는 은철이 아버지의 손이 떨렸다. 그 모습을 지켜보는 사람들도 긴장하고 있었다. 비닐이 다 벗겨지자 은철이 아버지가 울먹거리며 외쳤다.

"이거… 진수 거라는데 남자 잠옷입니다!"

"예?"

"예?"

모두 믿기지 않는다는 듯 소리쳤다. 넋을 잃고 앉아 있던 옥소 어머니는 짐작하는 바가 있었는지 고개를 끄덕였다.

수학 여행 때 필요한 것들을 사야 한다는 옥소는 그날따라 유달리 돈 욕심을 냈다. 잠옷은 최고급으로 사고 싶다느니 고급스러워야 한다는 둥 혼자 중얼거리며 수줍어하면서 웃기도 했다. 시장 보러 갈 때에도 어머니가 따라가겠다는 것을 굳이 말렸던 이유가 진수 잠옷을 사기 위해서였던 것이다. 진수의 잠옷을 사주고 싶었던 거였다. 쌍둥이를 수학 여행 보내는 데도 버겁고 힘드실 진수, 진애 엄마가 아무래도 여자인 진애 것만 샀을 거라는 생각이었던 모양이다.

진수 잠옷을 사면서 얼마나 좋아했을까. 진수에게 전해 줄 생각에 얼마나 혼자 좋아라 했을까. 끝내 그 잠옷을 진수에게 전해주지는 못했지만 죽는 순간에도 움켜쥐고 있었던 옥소를 생각하면 가슴이 메었다. 옥소 어머니는 말했다.

"진수 거라면 진수 어무이께 돌려 주이소!"

은철이 아버지는 옥소 어머니의 말이 떨어지자마자 진수 어머니

에게 잠옷을 내밀었고, 진수 어머니는 잠옷을 받아 들었다. 그리고
는 잠옷을 들어 올리며 외쳤다.

"옥소야! 니가 준 우리 진수 잠옷 잘 받았다. 진수에게 잘 전해
줄 테니께 아무 걱정 말고, 편안히 있거라!"

진수 어머니의 그 소리에 모여든 사람들은 오열했다. 이미 형체
도 없이 떠났지만 옥소의 마음은 문밀동 학부모들의 가슴에 영원
히 남을 것이다.

그때였다. 진수 어머니가 하늘을 향해 치켜올린 잠옷을 잡는 손
이 있었다. 진수였다. 진수는 잠옷을 두 손을 하늘을 향해 들어 올
리며 외쳤다.

"옥소야! 잠옷 잘 받았다. 잘 입을게. 아무 걱정 말고 편히 가거
라. 친구들과 함께…! 흑흑!"

진수의 울먹이는 소리에 둘러섰던 문밀동 사람들은 다시 눈시울
을 씻어내고 있었다.

나이 열여덟 살에 피웠던 꽃 같은 사랑이었다. 아니 꽃보다 더 아
름답고 향기로운 사랑이었다. 죽음에 직면했던 순간에도 진수를
걱정했던 옥소처럼, 진수도 옥소에게 향했던 마음을 결코 단념할
수 없었다. 잠옷은 혼자 짝사랑했던 마음을 겉으로 드러낸 옥소의
마음이었고, 진수는 옥소의 그 마음을 눈물로 받아들였다.

시간이 흘러도 흐려지지 않고 지워지지 않을 그들의 사랑은, 진
수가 살아있는 동안 진수의 가슴 속에서 옥소의 마음이 살아 숨
쉬고 있을 것이라 믿는다.

침몰된 첨성호가 인양된다는 보도를 접한 진수는 한순간도 지체

할 수가 없었다. 수습되지 않는 옥소의 흔적만이라도 발견되기를
기대하면서 인양하는 현장으로 달려왔다. 3년이라는 시간이 흘렀
으니 그 흔적을 찾을 수 있을까 의심하면서도 한 가닥 희망을 놓지
않았었다. 이런 상황에서 옥소의 유골이 발견되었고, 옥소가 끌어
안고 있던 잠옷이 진수의 손에까지 전해진 것이다. 그 잠옷 속에는
옥소의 생전 느낌이 살아있었고, 볼에 대면 옥소의 숨소리까지 느
껴지는 듯했다.

　진수는 순구의 흔적도 접할 수 있었다. 옥소의 느낌을 온몸으로
느꼈듯이 또 하나의 흔적에서 순구의 모습을 발견할 수 있었다. 순
구의 것이라고 느껴지는 교복 단추, 순구는 단추에 자기만의 표식
을 하고 다녔다. 칼끝으로 조각하듯 구 자를 새겨 넣었었다. 그것
을 진수는 알고 있었다. 단추와 함께 유골도 발견되었다. 어깨뼈에
날카로운 물건에 찍힌 자국이 있었다. 진수는 그것이 어떤 자국인
지 직감적으로 알 수 있었다. 진수는 소리쳤다.

"순구의 흔적이에요."

　진수의 목소리는 떨리고 있었다. 순구가 칼에 찔리던 모습이 선
명하게 떠올랐기 때문이었다.

　그리고 또 발견된 유골은 유난히 크고 굵었다고 했다. 진수는 직
감적으로 느꼈다. 순구에게 칼부림을 하던 그 덩치 큰 남자일 거라
는 사실을, 유골 옆에서는 녹슨 예리한 칼이 발견되었다고 한다. 그
는 자신의 임무를 다하지 못한 책임을 지고, 스스로 목숨을 끊었
을지도 모른다. 진수는 말하지는 않았지만 첨성호 사건의 은밀한
의혹을 떨쳐버릴 수가 없었다.

무엇인지 알 수는 없지만, 상식적으로 조각이 맞지 않는 부분이 너무나도 많았다. 덩치 큰 사람과 순구의 죽음에 대한 의문은 어떻게든 밝혀져야 할 것이다.

또한 첨성호가 침몰되고 있을 때에도 그랬다. 여객선이 침몰되면 응급 상황에 맞는 대처를 하는 것이 상식이다. 하지만 선체가 기울어 넘어가는데도 대피시키는 승무원 한사람 없었고, 대피 방송 한마디 없었다는 것도 이해하기 힘든 부분이었다.

그리고 진수는 보았다. 선체가 기울어 넘어가는 순간 옷도 제대로 입지 못하고 허겁지겁 구명선에 오르는 사람을, 몇몇 승무원들과 함께, 동남아 여인도 한 명이 함께 구명선에 오르는 모습도 보았다. 선체 안에서는 삼백여 명이 넘는 승객들이 죽음의 공포에 떨고 있는데, 자신들만 살겠다고 도망치는 선장의 모습을 어떻게 이해해야 하는가. 승객을 먼저 구조하는 것이 승무원들의 임무일 텐데, 이를 다하지 않고, 자신만 살겠다고 도망친 선장을 어떻게 단죄를 해야 그 많은 희생자들의 넋에 위로가 될는지, 진수는 마음속으로 자신이 살아 해야 할 일을 곰곰이 생각하고 있었다.

13

고래가 되어

낡은 나무 집 한 채. 제주도의 외곽 지대 어느 곳이었다. 낡은 나무 집 한 채가 언제부턴가 사람의 이목을 끌었다. 사람의 왕래가 뜸한 이 외곽 지대에는 오래전부터 이름 없는 조각가 한 사람이 살고 있었다. 어떻게 된 영문인지 깊은 까닭은 알 수 없었지만 사십 대를 훨씬 넘긴 나이였는데도 가족 없이 혼자 살아가는 조각가였다. 사십 대를 넘긴 총각들이 허다한 요즈음이지만 조각가의 홀로 생활은 좀 특이했다. 외출도 없었거니와 별다른 취미도 있는 것 같지는 않았다. 목공소에서 나오는 허드레 나무 조각을 얻으러 다니는 게 유일한 외출이고, 유일한 낙인 것처럼 보이는 조각가! 사실 그는 조각가라고 불릴 만한 큰 업적의 조각품을 만들어 낸 적도 없었다. 다만 나무토막을 보기만 하면 주워 와서 톱질을 하고 칼질을 해서 날아다니는 새를 만들어 낸다든가 여러 동물 모양을 만들어 방 안 어디에나 진열하는 것이 고작이었다. 그러나 그의 솜씨만은 높이 살만했다. 조각이 하도 섬세해서 한 마리의 새

고래가 되어

는 금방이라도 날아갈 것 같은 느낌으로 조각해 놓기도 했다. 그는 그렇게 생활의 전부를 칼질과 톱질로 무엇이든 조각해내는 그야말로 이름 없는 조각가였다. 조각하는 것이 취미였고 낙이 되었던 사람 허민규.

허민규는 어쩌면 스스로 살아가는 것인지도 모른다. 배가 고프면 밥을 먹고 외로우면 담배를 태우고 사람이 그리우면 술집으로 가고 그리움을 쏟아내고 싶으면 술을 마시고, 어쩌면 지극히 정상적인 보통 사람이었다. 나무를 이용해서 무엇이든 조각하는 조각의 열정만 빼고는…

그런 그가 버려진 나무토막들을 얻기 위해 시내 목공소를 찾았다. 늦은 아침이었다. 목공소를 들어서자, 때 아니게 사람들이 모여 웅성거리고 있었다. 그가 들어서는 것도 모르는 듯 TV 화면에서 시선을 떼지 못하는 사람들. 신문을 들고 분개해 하는 사람들. 그러나 세상 돌아가는 일에는 관심이 없는 허민규였다. 사람들이 흥분하고 분노하는 원인에도 흥미가 없는 허민규였다. 세상 것 모두가 귀찮은 듯 살아가는 허민규였지만 목공소 안에서의 모습은 예사롭지가 않았다.

"아니… 여객선이 저 지경이 되었는데 구조선도 없이 저게 뭔가? 저 여객선에 탑승한 승객들이며 학생들은 어찌 되는가?"

"남해에 있는 문밀고등학교 이학년 학생 전원이 수학 여행을 간다고 제주도로 향했다는데…"

"다들 무사했으면 좋을 텐데…"

"구조선이 빨리 가주어야 할 텐데…"

걱정하는 사람들의 심정과는 달리 구조선에서 구출되고 있다는 뉴스는 쉽게 들리지 않았다. 날마다 지면으로만 안타까운 속보가 들려왔고 기울어진 첨성호 선체만 TV 화면에 뜨곤 했다. 그것을 지켜보던 허민규는 놀라서 까무러칠 뻔했다. 침몰된 여객선 선체에서 승객들은 물론 백 오십 명이 넘는 학생들이 생사의 기로에 있을 텐데 구조의 손길이 급박해 보이지가 않았던 것이다. 여기저기서 변명하는 소리가 들리는가 하면 책임을 지지 않으려는 관계 부처들의 늦장 대처며, 확실한 제보가 아닌 오보들이 날마다 반복되어 전해지기도 했다. 결국에는 수학 여행을 떠났든 학생 전원이 희생되었거나 실종되었다는 보도가 대문짝만하게 지면에 실리고 TV 화면을 채웠다. 이제 열일곱 아니면 열여덟 살의 학생들이 침몰된 선체에 갇혀 희생되었다는 뉴스가 보도되었을 때 허민규는 분노의 주먹을 쥐었다. 그리고 물에 잠기거나 물에 휩쓸려 죽어갔을 학생들의 죽음에 분노와 애절함이 조각가 허민규의 마음을 아프게 했다. 아무렇지 않게 지나치려고 하는데도 이름을 모르는 학생들 모습이 여러 형태로 겹쳐 떠올랐다. 여러 모습의 얼굴로 떠오르기도 했다. 숨을 쉴 수 없을 만큼 눈앞에서 어른거리는 앳된 얼굴들, 그 앳된 얼굴의 학생들이 고통스러워하며 죽어갔을 모습이 떠오를 때는 견딜 수가 없었다. 무엇인가 하지 않고는 이 절망적인 현실에서 도피할 수가 없었다.

허민규는 나무를 잡았다. 얼굴도 모습도 모르는 학생들이었지만 그 학생들의 모습을 고래 모습으로라도 조각하며 희생된 학생들을 위로하고 싶었다. 그 넋이라도 편안하게 해주고 싶었다. 조각가 허민규의 생각이었다. 허민규는 구조되지 못한 학생들의 억울함에 분노를 느끼며, 꽃피우지 못하고 희생된 젊음에 애절한 슬픔을 느끼며, 나무를 다듬기 시작했다. 고래 모양의 조각을 다듬어냈다. 고래 모양의 조각을 하겠다는 생각은 허민규의 생각만은 아니었다. 어쩌면 희생된 아이들의 바람이었을지도 모른다. 아이들의 수학여행 목적지는 제주도였기에 다른 세계에서라도 제주도 앞바다를 자유롭게 헤엄치며 놀 수 있는 아이들이 되기를 바랐던 것이다. 그래서 제주도에 사는 고래를 생각해 냈던 것이다. 첨성호 사고에 희생된 아이들과는 아무런 상관도 없었지만 온 국민이 희생된 아이들의 학부모가 되었고 유족이 되었던 것처럼 허민규도 그런 심정으로 첨성호 사고에 희생된 아이들을 위로하고자 했다.

그 마음이 얼마나 절실했는지 허민규는 밤낮을 가리지 않고 조각에 임했다. 넓고 굵은 나무는 큰 고래로, 작고 가냘픈 나무에는 어린 고래로 갈고 다듬으며 조각해내었다. 신기하게도 조각을 만들어 낼 때마다 분노와 슬픔이 조금씩 가라앉았다. 분노보다는 용서가, 슬픔보다는 희망이 조각된 고래 속으로 스며드는 듯했다. 밤낮을 가리지 않고 만들어 낸 고래 모양의 조각품이 삼백여 점이 되었다. 허민규는 큰 고래 조각품은 승객들의 몫으로 돌리고, 작은 조각품은 희생된 학생들의 것으로 분류해서 따로 진열했다. 그 고래를 조각하는 동안에는 허민규 자신도 고래가 되어가는 기분이었다. 그렇게 희생되어야 하는 억울함도 잊어버리고 제주도 앞바다에서 평화롭게 뛰어놀 수 있는 그런 고래가 되어가는 기분이었다. 첨성호에 희생된 학생들도 안전하고 평화롭게 살고 싶었을 것이다.

침몰한 첨성호가 인양되었다는 그날 밤. 허민규의 작업장 진열대 위에 모여든 아이들이 있었으니 그들은 문밀고등학교 학생들이었다. 문밀고등학교 교복 차림의 문밀동 아이들도 있었다. 모국이도 있었고 남수, 은철이도 있었다. 현묵이와 순구도 있었다. 진애와 옥소는 살아생전에서처럼 두 손을 꼭 잡고 있었다. 그리고 그들은 작고 어린 고래 조각 속으로 하나 둘 빨려 들어가듯 사라졌다. 아니 눈에 보이지 않는 넋이 되어 고래 모습 속으로 스며드는 기적 같은 그 현상을 알 리 없는 허민규는 깊은 잠에 빠져있었다.

첨성호가 인양된 날 밤. 고래들이 인양된 첨성호 주위에 몰려있다는 것을 아는 사람은 아무도 없었다. 여러 날을 헤엄쳐 온 고래 떼들. 그들이 문밀동 아이들의 넋이라는 걸 누가 알고 있을까? 고래 모습으로 헤엄쳐 온 그 고래 떼들은 모국이었고 은철이었고 현묵이었다. 아니 문밀고 학생들이었다. 그들은 인양된 첨성호에서 살아있었을 때의 모습으로 한 번쯤 돌아오고 싶었을 것이다. 물론 불가사의한 일이었지만 지성이면 감천이라고 한다. 조각가 허민규가 느낀 슬픔으로 희생된 아이들을 한 마리의 고래로 남기고 싶었던 절실함이 하늘을 감동시킨 것을 아닐까. 하늘을 감동시킨 절실함이라면 믿을 수 없는 기이한 일도 가끔은 일어나는 법이다.

사방은 깜깜했고 철렁거리는 물소리는 서늘했다. 그러나 이 어두운 순간에 사람이 상상할 수 없는 기이한 일이 벌어지고 있었다. 고래 한 마리가 훌쩍 뛰어올랐다. 부식된 첨성호 갑판 위에 뛰어오른 순간 그 고래는 모국이의 모습으로 변했다. 그리고 모국이는 선체에 서서 인양된 첨성호 주위에서 서성거리고 있는 고래 때들을 향해 소리쳤다.

"애들아! 힘껏 뛰어올라! 한순간이라도 사람이 되어 숨 쉬어보자! 우리 어머니 아버지들이 기뻐하시게."

사람들의 귀에는 들리지 않을 모국이의 소리는 고래의 울음이 되어 고래가 된 아이들의 귀에는 힘차고 우렁차게 들렸다.

사람의 모습으로 변한 모국이가 부식된 첨성호 선체 주위에서 물구나무서듯 꼬리를 땅에 짚고 서 있는 고래 때들을 향해 소리쳤을 때 고래들은 한 마리 한 마리씩 선체 위를 향해 풀쩍 풀쩍 뛰어올랐다. 고래 한 마리가 선체 위에 뛰어오른 순간 한 마리는 남수가 되었고 또 한 마리는 은철이 모습으로 변했다. 고래들이 한 마리 한 마리씩 뛰어오를 때마다 첨성호 사고에 희생된 아이들 모습으로 변하고 있었다. 비록 부식되고 철물이 뚝뚝 떨어지고 있는 첨성호였지만 첨성호 난간을 짚고 서 있는 아이들 모습은 수학 여행을 떠나던 그 날 아침처럼 즐거워 보였다. 난생처음 가보는 제주도에 대한 기대와 수학 여행이라는 즐거움에 찼던 그때 그 모습이었고 그 표정이었다. 모국이, 남수, 은철이, 그리고 순구와 현묵이는 어깨동무를 하듯 둘러서서 주위를 둘러본다. 슬픈 눈빛 속에는 못다한 언어들이 눈물방울이 되어 반짝거렸고 가슴은 살아있을 때처럼 뜨겁게 콩닥거렸다. 홀어머니 생각에 옥소는 왈칵 눈물을 쏟아내고 말았다.

"어머니! 부디 건강하게 오래 사셔요. 훗날 어머니 오시는 날에 옥소는 예쁜 모습으로 어머니를 맞이할 겁니다. 그때까지 건강하게 잘 계세요!"

그렇게라도 하직 인사를 드리지 않으면 발길이 돌아서지 않을 것 같아 옥소는 다소곳하게 고개 숙여 남아계시는 어머니에게 하직 인사를 올렸다. 아이들은 이제라도 하직 인사를 드리는 게 늦지 않다고 생각했다. 그들은 첨성호 난간에 서서 부모들이 계시는 방향을 향해 정중하고도 눈물겨운 하직 인사를 올렸다.

하고 싶은 말이 얼마나 많았을까? 들려주고 싶은 사연은 또한 얼마나 많았을까? 그런데도 소리 내어 한 마디도 전하지 못하고 아이들은 하직 인사를 올렸다. 이것이 그들을 낳아주신 부모에게 마지막 효도이며 마지막 인사라고 생각하니 어린 가슴들은 아리고 아팠다.

첨성호 사고로 어이없이 죽어갔지만 첨억울하게 죽은 그들을 생각하면서 안타까워하고 슬퍼했던 사람들의 진심에 하늘도 통감하셨던 걸까? 지성이면 감천이라는 속담은 한갓 속담으로 남겨지는 것이 아니라 사람의 생각으로는 상상할 수 없는 불가사의한 일을 이루어 내는지도 모를 일이다. 다만 사람들이 믿지 않았고 보지 않았을 뿐이었다.

첨성호 난간 위에서 아이들은 본래의 모습으로 돌아와 부모들에게 형제들에게 하직 인사를 하고 있었다. 인사 없이 떠나게 되었던 게 얼마나 가슴 아팠기에 불가사의한 기적 앞에서도 아이들 어느 누구도 자신들의 욕심을 구걸하지는 않았다. 살고 싶었을 그 온갖 바람과 살아서 하고 싶었을 온갖 희망을 한마디도 내색하지 않았다. 남아 계시는 부모들에게 형제들에게 하직 인사를 할 수 있는 이 엄숙한 순간을 선물처럼 여기며 슬픔을 가슴속에 묻었는지 모를 일이다. 어쩌면 한 마리 한 마리의 고래들 조각해 준 그 누군가에게도 감사했을 것이다.

모국이는 살아있을 때처럼 통솔력을 발휘하여 고래가 된 아이들을 잘 인솔할 것이며 은철이는 여전히 장난기를 발동하여 친구들을 웃기고 즐겁게 할 것이다. 무엇보다도 진애와 함께 머물 수 있어 참 행복해했을 은철이가 아니었을까? 은철이는 옥소와 나란히 서 있는 진애 앞으로 다가오며 은철이답지 않게 수줍어하면서 한 마디했다.

"진애야! 니는 고려자기보다 더 예뻐!"

은철이의 수줍어하는 모습이 영 어색했지만, 아이들은 손뼉을 쳐 주었다. 은철이 눈에는 진애가 고려자기보다 예쁘다는 마음이 영원할 것이라는 걸 알기 때문이었다. 옥소는 진애를 마주해 서서 의미 있는 미소를 지었다. 옥소는 진수의 잠옷이 진수에게 전해졌을 거라는 걸 믿었고 그것으로 행복했던 것이다. 해가 떠오르기 전에 이 불가사의한 기적을 느끼며 다시 고래가 되어 떠나야 한다는 것도 알고 있었다. 아이들은 하나, 하나 고래가 되어 깊은 바닷속으로 몸을 숨기고 있었다. 고래가 되어 제주도 앞바다를 향해 긴 여행을 할 것이다.

14

제주도 앞바다에서는

제주도 앞바다는 언제나 초록 물결로 출렁거렸다. 햇살은 따뜻했고 깊이를 가늠할 수 없는 바닷속은 언제나 풍요롭기만 했다. 누군가의 소식이라도 전하는 듯 멀리서 밀려오는 파도의 하얀 파도는 반가운 속삭임 같기만 했다. 그런 풍경을 보기 위해 제주도에 관광객이 몰려 들지만, 요즘 들어 또 하나의 알 수 없는 신비스러운 관광지가 있었다. 밤이 되면 제주도 앞바다에서는 어린 고래 울음이 들린다는 소문이 사람들 입을 타고 멀리 퍼져가고 있었다. 한 사람, 두 사람의 입을 통해 전해지고 있는 고래 울음, 고래들은 밤이 되면 제주도 인근 바다에서 울어댄다는 것이다. 한 마리, 두 마리의 울음이 아니라 고래 떼들이 모여 한꺼번에 토해내는 듯한 울음이라고 했다. 가냘프고 앳된 소리의 울음이 선창까지 들린다면 한번쯤 무서움도 느낄 만도 했을 텐데 아무도 무서움을 느끼지 않는다는 것이다. 무서움은커녕 오히려 귀를 기울여가면서 듣고 싶어한다는 것이다. 고래들은 애잔하게 때로는 속삭이듯 흐느낀다고 했다. 분명 여러 마리의 고래 때들의 울음 소리였지만 산만하지도 않고 격이 흐트러짐도 없다는 것이다. 마치 속삭이듯 때로는 연주하듯 고르게 퍼지는 울음 소리가 신비스럽기까지 했다는 것이다.

　이런 소문이 퍼지면서 밤에는 제주도 앞바다 부둣가에는 관광객이 찾아 들곤 한다고 했다. 부두에서 고래를 본 사람은 아무도 없었다고 했다. 고래는 보이지 않았지만 고래 울음 소리가 들린다는 것이다. 그래서 밤에도 부두로 몰려드는 사람들, 거주민뿐만 아니라 외부 관광객들이 빠트리지 않고 찾아오는 관광지가 되었다고 한다. 제주도 부두에서 고래 울음을 들은 사람들은 이 울음 소리가 첨성호 사고로 희생된 학생들의 영혼의 울림이라는 것을 알지는 못했다. 그래도 첨성호 사고에 희생된 아이들이 조각된 고래로 남아 제주도 앞바다에서 그 넋이라도 자유롭게 헤엄쳐 다니길 바란다. 그들은 우리의 기억에서 영원히 살아 있을 것이다. 올해도 진도에는 동백꽃이 붉게 피었다고 한다.